Le Septième Cercle

Andréa H. Japp

Le Septième Cercle

Flammarion

ISBN : 2-08-067591-5

1

Fut-ce l'odeur écœurante qui lui faisait remonter dans la gorge une salive mêlée de bile ou cette moiteur sur sa main qui la tira de son évanouissement ?

Ann ouvrit les yeux mais ne vit rien qu'une sorte de brouillard obscur. Il lui fallut quelques secondes pour comprendre que le martèlement chaotique qui l'assourdissait provenait des battements de son sang contre ses tympans. Elle tenta de dégager son bras coincé sous quelque chose de mou et lourd qu'elle ne parvint pas à identifier. Il lui sembla que ses idées mettaient un temps fou à s'organiser, comme si le temps s'était ralenti en l'oubliant. Une sorte de toile légère effleurait sa paume moite : des cheveux, les cheveux de Simon, son mari.

Une panique absolue la suffoqua : l'accident. Elle se débattit pour se dégager de sous le torse de Simon et tenta d'ouvrir la portière qui résista. Le visage de Simon était livide et ses yeux bleu gris fixaient la lune dont la clarté brisée par les éclats de pare-brise inondait en prisme l'habitacle de la voiture retournée. Une phrase tournait à toute vitesse dans sa tête sans qu'elle la comprenne tout à fait : Simon était mort, elle avait dû s'endormir au volant et Simon était mort, elle avait dû perdre le contrôle et Simon était mort… Ann approcha sa main de son visage. Un vernis de sang collait à sa paume, elle suivit inconsciemment le trajet rouge sombre de sa ligne de vie. Ethan ? Où était son fils ? Elle parvint à tourner légèrement la tête. La douleur qui irradiait dans son côté droit la faisait haleter. Elle avait dû prendre le volant dans les côtes et se demanda stupidement combien de temps on peut survivre lorsqu'un foie explose. Ethan était recroquevillé en foetus sur le toit de la voiture qui en était devenu le flanc. Les longs cils bruns de l'enfant traçaient deux lignes douces sur la pâleur de ses joues. Ann réussit à se tourner un peu plus et il lui sembla qu'il respirait.

L'odeur qui l'avait tirée de l'inconscience

devenait de plus en plus forte, l'odeur de l'essence. Il y eut un claquement sec, comme un coup de fouet. D'abord la fumée qui envahissait l'habitacle, qui lui emplissait les poumons et la faisait cracher, puis une langue de feu jaune rouge qui léchait la portière arrière. La terreur, mourir carbonisée. Se débattre comme un animal durant des secondes qui allaient durer des éternités, dans cette posture grotesque, un genou plié sous le menton, taper comme une folle contre la portière, hurler sans que rien ne vienne. Elle sanglota sans même s'en rendre compte. Il paraît qu'on étouffe avant d'être brûlée, il paraît que ça ne dure pas trop longtemps. Des bribes de pensée s'affichèrent à toute vitesse dans son esprit. L'habitacle était petit, réduit encore par le choc. Le feu approchait, montant maintenant jusqu'en haut de la vitre. Elle sentait contre son dos la tôle du toit se réchauffer. Le tissu synthétique des sièges s'enflammerait rapidement. Elle allait être brûlée vive et consciente. Ses cheveux prendraient feu, puis sa peau cloquerait, se fissurerait sous l'ébullition du liquide cellulaire, enfin, peut-être perdrait-elle connaissance. L'épouvante noya son cerveau, gommant tout le reste. Elle parvint à replier sa jambe gauche ankylosée par le poids de Simon et à la lever. Elle ferma les yeux, et pria pour la première fois depuis des années : vivre, sortir de là. Elle détendit sa jambe de toute sa force et son talon heurta le pare-brise fendu par les tonneaux de la voiture. Elle réussit à se traîner à l'extérieur. Les éclats de verre tailladèrent ses mains et ses avant-bras mais elle avançait. Encore quelques secondes avant l'explosion, encore quelques mètres, je vous en prie. Elle se laissa tomber près du cadavre broyé de la Chevrolet et roula dans l'herbe sèche. Combien s'écoula-t-il de temps avant qu'elle ne perçoive le bruit lourd de l'autoroute quelques mètres plus haut, la détonation de l'explosion, l'onde de choc qui résonna jusque dans son sternum ? Combien encore avant les hurlements des sirènes des flics, des pompiers ?

Sur cette somme de secondes, combien en avait-elle accordé à Ethan ?

2

Elle suivait en souriant l'arrondi gracieux des paupières fermées du petit garçon. Ethan avait les cils fournis, longs et courbes de son père, mais il avait sa couleur d'yeux à elle, des yeux marron clair qui viraient au mordoré sous les fortes intensités lumineuses. Soudain des flammes envahirent les cils de l'enfant et rongèrent le bord des paupières. Ann voulut avancer la main pour les étouffer mais elle était maculée de sang séché et elle ne parvint pas à la faire bouger.

Elle se réveilla en hurlant, trempée de sueur, grelottante de peur. Une femme de petite taille, sanglée dans une blouse blanche trop ajustée entra en trombe dans sa chambre et lui tendit un gobelet.

— Encore ces affreux cauchemars, n'est-ce pas ? Prenez cela, vous allez vous rendormir.

Elle avait un sourire aimable et une voix grave et agréable. Ann eut un signe de dénégation. Cette chape de sommeil chimique qui lui noyait la conscience durant quelques heures ne servait à rien. Une partie de son cerveau était réfractaire à l'oubli et se livrait interminablement au même calcul insoluble : combien de secondes lui aurait-il fallu pour dégager Ethan de ce squelette de voiture en flammes ?

Ann continua son interminable arithmétique le reste de la nuit sans que rien ne parvienne à l'en détourner. Sa conscience semblait s'être bloquée. Elle força ses yeux à dénombrer toutes les grosses fleurs des branches d'orchidée jaune rosé envoyées par Piper & Murgen, ses employeurs. La boîte avait bien fait les choses, même si Ann avait toujours considéré que ces pétales parfaits, la complexité géométrique des corolles, donnaient aux fleurs l'apparence d'un moulage en plastique. Piper & Murgen avaient un fleuriste attitré. Il suffisait de téléphoner et d'indiquer la somme consacrée à l'envoi. Le bouquet champêtre était réservé à une secrétaire qui accouchait, ou lorsque l'on souhaitait s'excuser d'un lapin posé au quatrième sous-fifre d'une compagnie quelconque. Les roses, en fonction de leur couleur et de leur nombre, s'adressaient à la femme d'un cadre exécutif, ou lorsque le lapin avait ulcéré une journaliste. Et comme disait Julius Piper : « Même le petit péteux d'une feuille de chou locale peut un jour devenir rédacteur d'un canard qui compte, ou son assistant, ou sa maîtresse. » Mais avec les orchidées, surtout en bouquet, on entrait dans le monde glorieux des décideurs, des créatifs, bref des géniteurs d'argent.

Elle compta et recompta encore, parvenant rarement deux fois de suite au même résultat, ce qui n'avait, de toute façon, aucune importance. Du reste, qu'est-ce qui en avait désormais ? Elle avala sans discuter son petit déjeuner. L'infirmière de jour lui demanda si elle souffrait et Ann la regarda sans comprendre à quoi elle faisait au juste référence. Aux côtes cassées, au nez fracturé, aux multiples contusions ou à ses souvenirs ?

Elle aurait été incapable de préciser combien de temps s'était écoulé avant l'entrée de cette autre femme dans la chambre. Une heure, trois minutes, un jour ? C'était une femme grise, entre deux âges, entre deux sourires et deux regards.

La femme étira largement les lèvres, une assez bonne reproduction d'un sourire plein de chaleur, tandis que ses petits yeux scrutaient chaque geste, chaque regard d'Ann. Elle précisa :

— Bonjour, Ann. Je suis le docteur Martha Grey. Je suis psychiatre et psychanalyste.

Elle se programma un premier soupir tendu, puis un autre, vague et triste, mais son regard garda la même intensité, la même déplaisante urgence.

— Je ne vous demande pas comment vous allez, je suppose que vous allez très mal.

Ann ne répondit pas.

— Je suis là pour que nous en parlions. Vous savez, il existe un syndrome de choc après une telle tragédie. Ensuite vient la culpabilité. On finit par s'en vouloir d'être en vie alors que ceux qu'on aimait sont morts. On ne se supporte plus parce que sur le moment on a été fou de joie de s'en sortir, de survivre. Je crois qu'il faut en parler le plus vite possible.

Sans doute essayait-elle vraiment de l'aider mais Ann ressentit une haine brutale pour cette femme. Devenir un spécimen de plus dans ses expérimentations, ses statistiques et ses systématiques lui était parfaitement indifférent. Ce qu'elle ne supportait pas, c'était cette banalisation médicale, cette expiation facile. D'un ton posé, elle répliqua :

— Je n'ai pas d'obsession, je n'ai pas de névrose au sujet de cet accident, par contre j'ai des faits. Vous intéressent-ils ?

Martha Grey eut l'air surpris et acquiesça d'un mouvement de tête.

— Voyez-vous, Simon, mon mari voulait que nous nous arrêtions pour la nuit. Nous étions épuisés l'un et l'autre…

— Mais merde Ann, qu'est-ce que ça change ? On s'arrête dans le prochain motel, on dort quelque heures et on repart très tôt. Si on lève le camp à cinq heures, tu seras à l'heure à ta réunion.

— Tu n'en as rien à foutre évidemment. On doit discuter le budget de mon département, mais ce n'est pas grave. Si je ne suis pas là, si je suis en retard, mes chers petits collègues me tondront la laine sur le dos. Seulement voilà, ce n'est pas ton problème… Dans la situation inverse, il faudrait qu'on rentre coûte que coûte.

Il est vrai que toi tu es actionnaire de ta boîte d'architecte et que moi je ne suis que chef de département d'une des plus grosses compagnies de conseil des États-Unis.

— Écoute Ann, on ne va pas recommencer sur « qui qu'à le poste le plus prestigieux, le plus lucratif et le plus important ». C'est toi, d'accord ! Ça te va, tu es contente ? En tout cas, je lâche le volant. On a près de mille bornes dans les neurones et je ne suis plus en état.

— Moi, ça va. Tu peux dormir, je conduis.

— Mais tu es crevée toi aussi, t'as vu ta tête !

— Non, je ne suis pas crevée, je suis énervée. Un café et je repars.

Ils avaient bu un café et fait le plein.

Ann se rendit compte que Martha Grey la fixait tête inclinée, avec une sorte de passion, comme si elle venait de débusquer un insecte rare et précieux. Elle reprit d'une voix économe et sèche :

— Bref, j'ai tué mon mari par carriérisme, j'ai laissé carboniser mon fils de cinq ans parce que j'ai une peur panique du feu et que je suis lâche. Ah, cette terreur allume une étincelle dans votre regard ? Malheureusement, non : je n'ai jamais été prise dans un incendie, ma mère n'a pas accouché de moi au milieu des flammes, on ne m'a jamais menacé avec le feu et les seules fois où je me suis brûlée c'est avec une casserole ou une cigarette. Ça devient tout de suite beaucoup moins intéressant, n'est-ce pas ?

Martha Grey la détailla un moment.

— Ann, Ethan était déjà mort lorsque le feu a envahi l'habitacle. Le rapport d'autopsie est formel : on n'a retrouvé aucune particule de suie dans ses voies respiratoires. Il a eu la cage thoracique enfoncée par le choc. Vous ne l'avez pas abandonné, Ann, il était mort.

Ann la regarda et contrôla une envie folle de la gifler. Qu'est-ce qu'elle croyait, cette conne, que ce pitoyable rapport pouvait changer quoi que ce soit ? Elle tenta de conserver le même ton plat. L'énergie qu'elle déployait pour ne pas bondir du lit, pour ne pas hurler, pour ne pas frapper, la fit transpirer :

— Et alors ? Ça ne fait aucune différence pour moi. Je ne le savais pas. J'ai rampé à l'extérieur en étant convaincue qu'il était toujours vivant. Vous comprenez cela... (Elle sentit que ses joues tremblaient de rage et qu'elle se mettait à crier.) Est-ce que vous comprenez, bordel !

Martha Grey baissa les yeux et reprit lentement :

— Ann, si l'expression que vous trouvez maintenant est l'agressivité, ne vous en voulez pas, je ne vous en veux pas. Vous croyez que vous n'avez pas besoin de mon aide et vous avez tort. Je suis là pour tenter de vous en convaincre. Je ne suis pas là pour m'imposer à vous, juste pour vous tendre la main. Et c'est où et quand vous le sentez.

Ann fit à nouveau un gigantesque effort pour refouler les larmes qu'elle sentait monter. Pas d'apitoiement, plus le temps, ni les moyens. Elle tourna le regard et déclara doucement :

— Mon mari était assez mystique, c'est curieusement fréquent chez les athées. Moi pas. Savez-vous qui occupe le septième cercle de l'enfer, docteur ? Le pire, le plus concentrique du mal ? Les traîtres et les lâches, bien devant les violents. Dante avait raison. Rien n'est pire que la lâcheté. La lâcheté est le catalyseur de tout le reste. On ment par lâcheté, on trahit par lâcheté, on vole et on tue par lâcheté. Et c'est quoi selon vous ? Un vice, une maladie mentale ou juste un trait de caractère ?

Martha Grey lui adressa pour la première fois un vrai sourire. Un sourire joli, un peu triste, un peu déçu mais sans amertume :

— Si c'est un trait de caractère, c'est l'un des plus répandus parmi l'espèce humaine, n'est-ce pas ?

Elle se leva et se dirigea vers la porte, hésita puis se retourna avant de sortir :

— Voyez-vous, Ann, nous sommes fondamentalement des animaux, et le vernis civilisateur craque très vite dans les circonstances extrêmes. Si l'héroïsme conscient est la quintessence de l'abandon de cet état animal, on ignore ce que l'on sera capable de faire ou de ne pas faire lorsque l'on aura atteint le point où tout se résume à la simple survie. Personnellement, je ne le sais pas. Vous pouvez m'appeler quand vous voulez.

3

Ils vinrent nombreux lui rendre visite. Ils étaient plutôt gentils, embarrassés, dévastés pour certains. Mais ils finissaient par tous se mélanger. Il y avait cette voisine, avec laquelle elle n'avait échangé qu'une dizaine de banalités météorologiques, qui éclatait en larmes dès qu'elle ouvrait la bouche. Elle était, elle-même, mère d'un petit garçon. Elle n'avait parlé que d'elle, finissant par si bien assimiler et réinventer ce qu'elle nommait « le drame d'Ann » qu'il devenait sa propre douleur. L'inévitable défilé de ses collègues de chez Piper & Murgen avait suivi : Victor Park, du Marketing, qui osait à peine croiser son regard comme s'il avait peur d'y voir des corps se tordre sous les flammes, Debbie Prior, une jolie petite requine blonde du département « Contacts » qui finirait sans doute un jour par s'enorgueillir d'avoir constitué un cimetière aussi peuplé que celui d'Ann. Stanley Brydon s'était, lui aussi, senti obligé d'ajouter son bouquet de fleurs aux branches d'orchidées. Ann avait eu l'impression de répéter à l'infini la même scène. Peut-être parce qu'ils n'avaient pas compris que ce qui l'habitait n'était pas vraiment la souffrance, non, c'était beaucoup plus violent que cela, beaucoup moins inerte et honorable. Elle éprouvait une rage totale, qui la faisait suffoquer, une rage contre elle-même et contre elle ne savait ni trop quoi, ni trop qui. Elle éprouvait également une sensation à la fois si trouble et si massive, comme une urgence, l'impression qu'il fallait faire très vite quelque chose, même si elle ignorait ce que c'était.

La fin de la journée fut marquée par un événement considérable : un appel de Julius Piper en personne, pas de Karen, sa secrétaire, ânonnant les notes prises pieusement pour préserver tous les mots du patron, non, Julius Piper soi-même, le grand Julius Piper.

— Mon petit, mon petit ! Karen a pu joindre le médecin-chef du service. Il l'a rassurée sur votre état de santé. Mon Dieu, quand j'ai appris…

Ann avait toujours éprouvé une admiration inconditionnelle mêlée d'une certaine tendresse pour Piper. D'abord parce qu'il avait monté sa boîte seul et qu'il avait eu la délicatesse de conserver le « Murgen » après la mort de Karl Murgen et le rachat de ses parts à sa veuve. Piper était un homme de petite taille, d'une bonne soixantaine d'années, un pionnier du conseil. Il émanait de lui une énergie contagieuse, un goût du combat et de la victoire qui semblait en mesure d'emporter tous les succès et interdisait l'échec à ses proches. Piper savait insuffler cette insaisissable substance à son équipe. Piper & Murgen avait, grâce à lui, évolué du simple conseil aux grandes entreprises à l'organisation. Ann, parce qu'elle avait une formation scientifique, avait été chargée du département « clefs en main » dont la fonction principale était de monter des projets d'expérimentation ou de validation pour l'agro-alimentaire, le pharmaceutique et même l'armement ou les communications. Simon, lorsqu'il voulait la vexer, disait à Ann qu'elle se comportait en bonne élève et en gentille fifille à papa avec son patron. Sans doute avait-il raison, mais Ann avait la sensation de grandir au contact de Piper, d'apprendre, de sortir enfin de cette parodie de maturité qu'elle affichait face à tous mais qui n'était jamais parvenue à la convaincre.

— Écoutez mon petit, tous les mots sont également inadéquats dans ce genre de drame parce que personne ne peut se mettre à votre place. Je voulais simplement vous assurer de ma tendresse et de ma compassion. Si vous avez besoin de prendre du champ après votre sortie de l'hôpital, je le comprendrai. L'important est que vous nous reveniez en pleine forme.

— Je vous remercie Julius. Non, je préfère ne pas m'arrêter. Je serai au bureau dès qu'on m'aura relâchée. Enfin, après que j'aurai réglé les... comment dire, les formalités. Je crois que la dernière chose dont j'ai besoin en ce moment est d'avoir du temps libre pour penser. Je ne veux pas penser. Et puis Julius... je ne veux pas que l'on m'en parle, acheva-t-elle dans un murmure. Faites-le savoir.

— Je comprends. Nous vous attendons tous, Ann. Je vous attends.

Ann raccrocha et se rendit soudain compte qu'elle avait à peine participé à la conversation. Elle avait répondu ce qu'il fallait répondre, comme si une autre volonté avait pris le contrôle de sa voix. Durant tout le temps qu'avait duré l'échange, Ann, la vraie, avait compté, s'impatientant, regrettant toutes ces secondes perdues.

4

Lorsqu'elle émergea de cette espèce de coma, qui semblait n'avoir existé que pour la forcer à établir d'interminables listes de secondes, Ann décida de ne pas réintégrer son luxueux appartement de Brooklyn. La simple idée d'être accueillie par l'odeur de sa vie d'avant, d'être assaillie par le souvenir de tous leurs gestes quotidiens, de leurs petites habitudes domestiques qui n'avaient plus aucun sens, lui était intolérable. Elle avait même réservé une chambre d'hôtel, au Holiday Inn de Beacon, en attendant de louer autre chose. Elle n'irait pas non plus chercher ses vêtements, ni arroser les plantes. Elle avait appelé le portier de l'immeuble, lui avait expliqué qu'elle déménageait, qu'elle comptait mettre l'appartement en vente le plus vite possible. Elle avait dû subir en retour sa consternation polie. Il avait été plutôt satisfait qu'elle lui propose de s'acquitter pour elle de ces corvées moyennant rémunération. Aussi fut-il étonné de la voir descendre d'un taxi, le nez aplati par un gros pansement blanc. Elle répondit par quelques mots évasifs à son sourire interrogateur et monta. Elle aurait d'ailleurs été incapable d'expliquer son revirement. Il y avait eu un moment la nuit précédente où tout cela n'avait plus eu vraiment d'importance, un moment où elle avait compris qu'elle trimbalerait partout ses souvenirs en elle, jusqu'au bout. Aucun des jouets d'Ethan qu'elle devrait ranger, aucun des vêtements de Simon qu'elle donnerait n'altéreraient dans un sens ou dans l'autre cette fin de nuit sur une autoroute où semblait s'être concentrée toute sa vie.

Ann passa les deux jours suivants à régler les détails des obsèques, s'absorbant dans les petites tracasseries administratives et juridiques qui devenaient comme autant d'étapes à franchir avant de pouvoir se consacrer à cette chose urgente et indéfinissable qui l'habitait. Elle avait l'impression superstitieuse que la nature de cette chose ne se dévoilerait à elle que lorsqu'elle aurait fait le vide, se serait débarrassée de ces nécessités qui la concernaient à peine. Elle dut encore subir la débauche de condoléances et les laïus ampoulés de son notaire et de l'assureur de Simon. Elle apprit qu'elle héritait des biens de son mari, dont leur ancien appartement, et qu'elle toucherait une prime d'assurance-vie de deux millions de dollars. Elle se retint à grand-peine de les presser d'en finir, exaspérée par cette perte de temps. Le temps fondait, le temps était fondamental, elle en était convaincue.

Lorsqu'enfin toute cette première étape fut terminée, elle se rendit compte qu'elle était devenue incapable de pleurer, incapable d'éprouver le sentiment qu'elle faisait partie de quelque chose, d'une situation, incapable de se sentir vraiment là. Une étrange obsession lui vint : et si elle était morte, en réalité ? Et si tout ceci n'était qu'une sorte d'incompréhensible passage pour rejoindre Ethan et Simon, ou alors pour atteindre le néant ?

Elle s'endormit comme une brute.

5

Peut-être furent-ils tous déçus, sauf Julius, parce qu'il savait. Au tout début, sa pâleur et ses traits tirés avaient dû les rassurer. Ils avaient été si gentils, évitant avec tant d'insistance de parler de quoi que ce soit qu'elle finissait par regretter la consigne qu'elle avait donné à Piper.

Dans les jours qui suivirent son retour au bureau, elle surprit des regards alarmés, des murmures étonnés puis choqués : elle parlait, bougeait, respirait comme avant. Elle aurait sans doute pu expliquer à ceux qu'elle avait aimés, voire appréciés, que c'était parce qu'elle était à peine là, mais n'en fit rien, parce que cela non plus n'avait aucune importance.

Ann prit l'habitude, lorsqu'elle rentrait chez elle, d'allumer la télévision de sa chambre et celle du salon. Il lui semblait que l'inutile volume sonore qui se déversait dans les pièces figées de l'appartement faisait reculer le silence pesant des fantômes qui la suivaient.

Ce vendredi soir-là, le visage d'une femme souriante aux courts cheveux bruns bouclés s'incrusta en haut de l'écran de la télévision de sa chambre. Ann ne prêta pas vraiment attention au flot de paroles de la présentatrice de CNN parce que les mots, les phrases n'existaient que comme isolation contre le silence. Elle retint pourtant que la femme, Clara Saragan, une journaliste d'enquête du *New England Voice,* avait été brutalement assassinée. Son cadavre venait d'être retrouvé dans un terrain vague à la sortie d'Arlington. Ann traversa sa chambre et pénétra dans le salon. Clara Saragan, un autre sourire aux lèvres, plus espiègle celui-là, flottait imperceptiblement sur l'écran, et la voix off du présentateur de TV Boston adoptait des accents bas et consternés pour répéter que la journaliste avait été abattue de deux balles, précisant qu'elle était enceinte de sept mois et finissait de boucler un reportage dont elle n'avait rien confié à son entourage.

D'abord, Ann ne ressentit qu'une sorte de compassion fugace pour cette femme, qui n'était, somme toute, qu'une autre femme. Puis, la douleur, une douleur physique insupportable, explosa. La souffrance irradiait de la base de sa nuque jusqu'à son anus, elle diffusait dans toute sa colonne vertébrale, empruntant chaque nerf pour parvenir à ses coudes, ses doigts, ses genoux. Elle se nourrissait d'elle-même, s'amplifiant au fur et à mesure qu'elle progressait. Ann chercha désespérément à reprendre son souffle, à maîtriser le hurlement qu'elle sentait enfler dans sa gorge et tomba lourdement à genoux sur la moquette épaisse. Lorsqu'elle reprit connaissance, la lumière du jour éclairait avec parcimonie le salon, un arrogant bambin monté en graine s'agitait en vociférant sur l'écran du téléviseur et sa rétine conservait l'impression du sourire d'une petite brune bouclée.

Ann découvrit la migraine, un étau malveillant qui partait de son cou pour grimper en serrant toujours plus le long de l'os occipital, et envahir sa tempe droite. Simon avait des migraines. Elle le trouvait si geignard dans ces moments-là. Ne plus penser à Simon pour l'instant et ne surtout pas évoquer Ethan !

Ann se força à boire une tasse de thé, alors que son cœur lui remontait dans la bouche. Elle s'installa devant son ordinateur, pénétra sur le Web, et téléchargea tous les quotidiens de la région.

Clara Saragan s'était taillé une réputation de lionne dans la profession. Elle avait obtenu un prix pour un reportage sur les escadrons de la mort qu'elle avait cosigné avec un certain Richard Codrington, et un autre pour une enquête de deux ans sur l'exploitation des femmes au Mexique par les grands trusts occidentaux. Elle en avait tiré un livre. Elle travaillait depuis quelques mois sur un sujet mystérieux dont elle ne disait mot et qui la passionnait. Clara Saragan avait, à maintes reprises, reçu des menaces. Selon son entourage, elle les avait toujours considérées avec sérieux, pas assez de toute évidence. Elle avait trente-quatre ans, était mariée à un avocat de New York et mère de deux enfants. Le presque troisième était mort avec son souffle.

Il manquait un renseignement crucial. Les journaux qui d'ordinaire s'étalent sur ce genre de détails avaient pour une fois été d'une extrême discrétion. Peut-être parce que la disparition de cette rivale mais consœur les blessait. Où avaient pénétré les balles ? Quel itinéraire de dévastation avaient-elles suivi ? Parce que si Clara Saragan avait été abattue dans la nuque, Ann n'aurait qu'à attendre le signe tant escompté, sans s'agiter inutilement.

Elle lança l'impression laser des fichiers et attendit paisiblement pour la première fois depuis que le feu avait ravagé sa mémoire. Combien de temps patienta-t-elle ? Elle n'en avait pas la moindre idée, si ce n'est que le soleil envahissait maintenant l'appartement. Ann saisit le téléphone et composa un numéro que son regard n'avait fait qu'effleurer sur une carte de visite. Une voix de femme répondit à la cinquième sonnerie :

— Martha Grey ? Je suis Ann Hawk. Nous nous sommes rencontrées…

— Oui, je m'en souviens. En fait, j'attendais votre appel. Comment allez-vous ?

— Je n'en ai pas la moindre idée et je m'en fous. J'ai un service urgent à vous demander. J'ignore pour quelle raison j'ai cru que vous pourriez me le rendre.

La voix grave et presque amusée de Martha Grey répondit :

— Cela fait plus de cinquante ans que je vérifie quotidiennement que nous ne possédons qu'une compréhension très superficielle des choses, ce qui, du reste, ne tempère pas notre prétention.

— Êtes-vous au courant du meurtre de cette journaliste, Clara Saragan ?

— Comme tout le monde.

— Il faut que je sache comment elle est morte.

— Par balles, d'après ce que j'ai cru comprendre.

— Ça, je sais. Ce qui m'intéresse, c'est par où les deux balles ont pénétré.

— C'était une amie ?

— Non, je ne la connaissais pas.

La voix exaspérante de calme parvint à Ann après quelques secondes de silence :

— Vous pouvez m'expliquer ?

— Non. Ce n'est même pas que je n'en aie pas envie, c'est que je ne sais pas. Je me suis dit, non d'ailleurs je ne me suis rien dit, enfin, peut-être connaissez-vous un médecin à l'institut médico-légal ?

Ann sentit que Martha Grey tentait de suivre la trame de ses pensées et cette idée, qu'elle avait d'abord détestée lorsqu'elle avait rencontré le médecin, lui fit un bien étrange.

— Oui, j'y ai un bon copain. Ann, je ne

crois pas que votre curiosité sur ce point soit… comment dire…

— Malsaine ?

— Non, déviée. C'est juste que je ne comprends pas.

— Moi non plus.

— J'aimerais comprendre.

— Pas moi. C'est ce qu'il faut que je fasse et ça me suffit.

— Si je vous fournis le renseignement que vous cherchez, viendrez-vous me rendre visite ?

— C'est un marché ?

— Non. J'ai moi aussi mes curiosités.

— Je viendrai.

— Quand ?

— Plus tard.

— C'est une promesse ?

— C'est une parole.

— Bien. Donnez-moi votre numéro de téléphone, je vous rappelle plus tard.

Ann surveilla le temps qui lui sembla passer étrangement. Elle se faisait une tasse de thé et, l'instant d'après, le liquide était froid. Le soleil était au zénith et soudain le jour tombait.

Elle décrocha avant que la première sonnerie ne meure. Ne pas parler de mort, pas maintenant.

— Ann, j'ai réussi à joindre mon copain. On a tiré deux balles dans la nuque de Clara Saragan. La première ne l'avait pas tuée. Elle n'a pas été assassinée à l'endroit où on l'a retrouvée, dans ce terrain vague, mais déplacée après la mort… Ann ? Vous êtes toujours là ?

Une sorte d'immense soulagement ankylosait Ann. Elle éprouva une extrême difficulté à répondre mais parvint à articuler d'une voix pâteuse :

— Merci, Martha.

— Que comptez-vous faire, Ann ? Ann, je crois que vous êtes en état de choc, même si vous n'en avez pas conscience. Vous n'avez pas encore récupéré les bons réflexes, vous voyez ce que je veux dire ?

— Oui, très bien. (Elle força son ton à devenir plus enjoué, plus léger.) Ne vous inquiétez pas. Je ne suis pas très cohérente en ce moment, mais… enfin, je veux dire, je n'ai aucune intention particulière au sujet de cette Clara Saragan. Il fallait juste que je sache. Merci de m'avoir aidée. Je vous rappellerai un peu plus tard. À bientôt, Martha.

Ann sentit qu'elle n'avait pas convaincu son interlocutrice mais raccrocha, assez vite pour couper court à une nouvelle question, avec assez de courtoisie pour que le médecin n'aie pas envie de la rappeler.

Ann ne devait conserver du reste du week-end qu'un souvenir flou. Elle avait dû faire un grand ménage puisqu'elle constata le lundi matin que la maison était revenue à l'un de ces ordres spartiates dont elle se délectait, avant. Simon jugeait cet ordre jubilatoire stérilisant et hautement suspect. Lui s'épanouissait à mesure que progressait son bordel. Il prétendait y trouver une sorte de poésie, une source d'inspiration.

Il lui sembla, une fois assise derrière son bureau de la compagnie, que la soudaine définition de cette urgence tant attendue l'aidait à se réintéresser à ses dossiers. Car il ne faisait plus aucun doute pour elle que Clara Saragan était cette urgence, ou du moins que sa mort était un signe. De quoi ? Elle n'en savait toujours rien. Auparavant, ce cheminement anarchique et irrationnel de ses pensées l'aurait sans doute exaspérée. Ann n'avait jamais cru qu'aux choses et aux faits. Elle avait pour les croyances et la foi, quelles qu'elles soient, une sorte d'estime formelle, de tolérance indifférente.

Elle éteignit son ordinateur à midi et prévint sa secrétaire qu'elle déjeunait à l'extérieur, ignorant son regard étonné : aucun rendez-vous n'était inscrit sur son agenda. Ann héla un taxi et se fit conduire devant l'immeuble pompeux qui abritait les bureaux du *New England Voice*. Les battants de verre fumé de l'entrée s'ouvrirent devant elle et elle avança vers l'élégant comptoir incurvé de la réception. Elle s'y accouda, attendant patiemment qu'une des deux jeunes femmes, blondes, presque indissociables, lève la tête. Celle qui était à sa droite lui jeta enfin un sourire vague :

— Puis-je vous aider, madame ?

— Je m'appelle Ann Hawk. Je souhaite rencontrer Richard Codrington, s'il vous plaît.

— Vous avez rendez-vous ?

— Non, il s'agit d'une enquête.

Elle avait choisi une formulation assez vague pour que la réceptionniste ne comprenne pas si elle était flic ou l'un des informateurs qui grenouillent dans les rédactions.

— Bien, je le préviens. Si vous voulez patienter, je vous prie, ajouta la fille en désignant une rangée de fauteuils high-tech en cuir noir qui s'alignaient contre l'un des murs de briques de verre.

Ann ne savait pas très bien ce qu'elle dirait à ce type, si toutefois il la recevait. Elle n'avait rien prévu, ni un refus, ni un succès. Il lui avait toujours semblé primordial de tout planifier, de tout calculer, avant, d'être l'acteur principal de sa propre vie. Mais cela non plus n'avait plus aucune importance. Elle se laissait guider. Par quoi ? L'instinct peut-être, non qu'elle eut jamais cru en posséder.

Un adolescent coupa le fil de son regard, perdu vers les grandes feuilles dentelées d'une immense plante exotique dont elle ignorait le nom. Ann tourna la tête. Ce n'était pas un adolescent mais un jeune homme. Il était petit, un peu rond, un blondinet à l'air affable, aux grands yeux bleus élargis par des verres d'hypermétrope. Il demanda d'une voix amusée :

— Vous êtes Ann Hawk ?

Elle opina du bonnet et il s'installa sur le fauteuil situé près du sien. Il reprit :

— Je ne crois pas vous connaître.

— Non, nous ne nous connaissons pas. Je voulais vous voir au sujet de la mort de Clara Saragan.

Le regard se glaça, le sourire mourut et il demanda, cette fois d'une voix cassante et beaucoup plus masculine :

— Vous êtes quoi ?

— Rien. Je ne suis ni flic, ni journaliste, ni une tordue, du moins je ne crois pas. Je ne suis pas non plus une des amies de Clara. Je suis consultante chez Piper & Murgen.

Il hocha la tête et murmura :

— Alors que venez-vous faire dans cette histoire ?

Elle hésita, puis décida que la vérité, aussi invraisemblable soit-elle, était sans doute la meilleure option.

— Je ne sais pas. Si je vous disais les choses comme elles me viennent, vous me taxeriez sans doute de démence. Mon mari et mon fils de cinq ans viennent de mourir dans un accident de voiture… J'étais au volant.

— Le lien avec Clara ?

— Il n'y en a aucun, du moins qui soit évident, et pourtant, il en existe un, mais je ne sais pas lequel.

Le jeune homme blond la considéra un moment, un sourire à la fois soupçonneux et amusé aux lèvres. Il hocha la tête et murmura :

— Je ne comprends rien du tout, mais c'est sans doute pour cette raison que cela m'intéresse. Pourquoi moi ?

— C'est le seul nom que j'avais. Vous

avez cosigné un reportage avec elle.

— Ah, oui. Mais vous savez, en fait, je ne suis pas journaliste, du moins pas journaliste de terrain. Je trouve les efforts et les risques physiques extrêmement déplaisants. Je suis ce que l'on appelle encore un « petit génie de l'informatique ».

Ann connut un véritable instant de panique. Elle s'était trompée de cible, ce mec ne devait rien connaître aux enquêtes de Clara Saragan.

— Mais alors… avec Clara ?

Il rit doucement :

— Oh, mais on formait un excellent team, justement parce qu'on n'empiétait pas sur les plates-bandes de l'autre. On était, en quelque sorte, un binôme inversé. Clara avait un côté très physique, elle était sportive et ceinture noire de karaté. Elle n'avait pas peur de grand-chose, dommage pour elle. En plus, c'était une extraordinaire journaliste, le genre qui arrive à tirer le maximum d'infos de n'importe qui. Moi, je suis un handicapé de la communication. Il m'est très difficile d'engager la conversation avec quelqu'un que je ne connais pas et en plus, je suis plutôt trouillard.

— Et votre participation à ses enquêtes ?

— Nos enquêtes !

— Pardon.

— Clara avait besoin d'amorces et c'est moi qui les lui fournissait. Vous ne pouvez pas savoir tout ce que l'on peut dénicher avec un petit portable bien utilisé. Il faut vous dire que j'ai commencé ma « carrière » informatique comme hacker.

— Un pirate ?

— Ouais. J'ai été condamné à un an avec sursis parce que j'étais entré dans le réseau de Bell Telephone. Je voulais simplement gommer quelques très longues conversations téléphoniques internationales. Je me suis fait piéger, parce qu'ils m'attendaient. Je bidouillais mes factures depuis plusieurs mois.

Ils restèrent muets un moment sous l'œil curieux des deux clones blonds qui tenaient le standard. Richard Codrington rompit le silence, demandant sans la regarder :

— Que venez-vous foutre dans cette histoire ?

— Ça vous a fait de la peine, sa mort je veux dire ?

Il sembla réfléchir puis déclara :

— Ça dépend de ce que vous entendez par là. Ça m'a fait de la peine dans l'absolu parce que c'était une des meilleures journalistes du pays et une fille extrêmement fiable, courageuse, une vraie pro. Mais sentimentalement, les choses sont plus compliquées. Clara était, comment dire, trop dans ses trucs. Elle était incapable de se contenter d'aimer quelqu'un. (Il gloussa et reprit.) Je suis un incurable romantique, c'est mon côté midinette.

— Elle était mariée et mère de famille, non ?

— Oui. Je n'ai pas à entrer dans ses affaires privées, d'ailleurs elle était assez discrète sur le sujet. Mais j'ai eu l'impression qu'il s'agissait d'un couple virtuel, en quelque sorte. Remarquez, cela fonctionnait plutôt bien, ils sont assez amis. Son mari vit à New York et elle passait la majeure partie de son temps ici, à Boston. Je repose ma question : que venez-vous faire dans cette histoire ?

— Je veux savoir qui l'a tuée et pour quelle raison. Je veux que cette personne paye pour le meurtre de Clara Saragan et celui de son bébé, et je ne sais pas pourquoi.

Il lui jeta un regard presque tendre et murmura :

— Vous croyez que cela pourrait vous aider pour… évacuer cet accident de votre mari et de votre fils ?

Elle voulut lui conseiller sèchement de s'occuper de ses affaires et s'entendit prononcer :

— Évacuer ? Non. Vivre en bonne compagnie avec, plutôt. Ou alors mourir en paix. Je ne sais pas.

— Rien ne rachète rien, Ann.

Elle sourit et hocha la tête :

— C'est aussi ce que je croyais, mais c'est faux. On ne peut rien défaire, mais on peut changer ce qui suit. Peut-être faut-il devenir un acheteur pour le comprendre.

— Ça peut m'intéresser. Ann Hawk, permettez-moi de vous dire une chose avant que nous ne nous lancions. Je suis physiquement inerte mais je suis extrêmement puissant intellectuellement. Si jamais je me rendais compte que vous êtes en train de m'entuber, et soyez sûre que je m'en apercevrai, quelle qu'en soit la raison, je vous crucifie et je vous fais la peau. C'est clair ?

— Très clair. Il n'y a que ce que je vous ai dit, et de toute façon je n'ai rien à perdre. Je n'ai rien à gagner non plus, du moins je ne le crois pas. (Elle sourit et conclut :) Avouez que c'est une situation idéale. Je vous invite à déjeuner quelque part ?

— Volontiers. Il y a un petit restau végétarien pas très loin.

— Vous êtes végétarien ?

— Cela tombe sous le sens, non ? Et je suis antichasse, antifourrure, antimilitariste, antitabac, antipollution, anti-expérimentation animale.

Ann sourit et, pour la première fois depuis « avant », c'était un véritable sourire, destiné à quelqu'un en particulier.

— Et anti-énergie atomique, je suppose, cela vient en général avec le lot. Vous êtes pro-quelque chose ?

— Bien sûr, mais nous ne nous connaissons pas encore assez pour que je vous livre ce genre de détail compromettant !

6

Ils parlèrent de choses et d'autres pendant tout le repas, qui ne fut pas aussi affligeant qu'Ann l'avait craint. Après la compote de fruits secs, elle demanda :

— Je peux fumer une cigarette sans provoquer une émeute ?

— Oui, sans doute. Vous fumez ?

— Je recommence. J'avais arrêté. Mon mari était… très clean, très politiquement correct, moi pas. Voyez-vous, depuis quelques jours je suis parvenue à la conclusion que la majorité d'entre nous s'attache à résoudre de tous petits problèmes pour avoir l'impression d'exister, de faire bouger le monde. Le symbole finit par remplacer l'essence des choses. Je crois mon tabagisme suffisamment annexe et accessoire pour m'en foutre. De plus, je suis pressée par le temps. Sur quoi travaillait exactement Clara Saragan avant de se faire massacrer ?

— Je n'en sais foutre rien. La seule chose qui me soit revenue, c'est qu'elle avait été mise sur le coup par quelqu'un d'autre, un informateur extérieur. Pas mal de journalistes fonctionnent grâce à eux, chacun a sa petite liste, depuis les taupes quasi professionnelles, jusqu'aux indicateurs occasionnels qui agissent pour des motifs très variables, la vengeance ou un sens de la justice. Vous savez, Clara avait un côté très « copie pas ! ». Ses enquêtes étaient à elle, rien qu'à elle, c'est assez fréquent dans le milieu. Cela dit, elle a toujours été hyperréglo avec moi lorsque je participais au travail, mais si elle pouvait se passer de qui que ce soit, c'était aussi bien.

— J'ai lu dans un canard qu'elle revenait de reportage. Où ?

— Je ne sais pas, mais je peux trouver.

Il hésita, sourit puis demanda :

— Vous allez me trouver extrêmement mercantile, Ann, mais c'est bien fifty-fifty entre nous, n'est-ce pas ?

— Vous voulez dire pour la signature des articles ?

— Ouais.

— C'est cent pour cent pour vous, Richard. Je ne tiens pas à apparaître, je veux juste aller au bout. C'est quelque chose qui va de moi à moi, c'est tout.

— Vous avez tort, mais ça marche.

— Bien, il faut donc que je sache où elle a passé les deux dernières semaines de sa vie, qui elle a vu, quand, quels genres de documents elle a consulté, tout ce que vous pourrez trouver sur le mari. Voici ma carte, vous pouvez m'appeler à n'importe quelle heure.

Ils échangèrent leurs numéros de téléphone et se levèrent. Richard Codrington la retint à la sortie du restaurant :

— Vous croyez aux signes, Ann ?

— Il y a un mois, je vous aurais ri au nez en vous taxant de superstition... plus aujourd'hui.

— Tant mieux, parce que je suis dans le même cas. Lorsque j'ai appris la mort de Clara, je me suis dit qu'il fallait que je fasse quelque chose, parce que nous savions tous que son meurtre était lié à sa dernière enquête, et puis... Bon, on verra. Comme je vous l'ai dit, c'était une vraie pro, une fille très correcte, et il ne faut pas que les salauds gagnent toujours, n'est-ce pas ?

— Non, il ne faut pas.

— Le problème, c'est que je ne savais pas trop dans quelle direction me lancer. Vous êtes sans doute ma réponse. À bientôt, Ann.

— À très bientôt, Richard.

Ann rentra chez Piper & Murgen et se remit à surfer sur le Net, relisant les mêmes articles pour la deuxième fois, tentant, en vain, de trouver un mot clef qui lui permettrait d'accéder à d'autres informations. Il était presque dix heures du soir lorsqu'elle éteignit l'écran. Richard Codrington ne l'avait pas rappelée, preuve qu'il n'avait rien trouvé lui non plus. Le sentiment qui l'envahissait n'avait rien à voir avec du découragement. C'était un étrange mélange d'exaspération et de panique croissante face au temps perdu. Elle se résolut à rentrer chez elle.

Elle sortit et jeta un regard dans le long couloir obscur. Même le bureau de Julius Piper était éteint. Elle se dirigea lentement vers l'ascenseur, les talons de ses escarpins s'enfonçant mollement dans l'épaisse moquette, et pénétra dans la cage chromée qui descendait jusqu'au parking souterrain de l'immeuble où elle garait sa voiture. C'est au moment où elle déverrouillait la portière qu'elle prit soudain conscience d'un changement bizarre. Elle n'avait pas ressenti ce pincement d'appréhension qu'elle éprouvait d'habitude lorsqu'elle traversait les couloirs déserts et le parking faiblement éclairé après vingt heures. Pas une fois elle n'avait tendu l'oreille pour s'assurer qu'aucun écho de pas menaçant ne la suivait, ou tenté de percer les ombres projetées par les gros piliers de ciment qui soutenaient la voûte du parking. Elle abandonna là cette méticuleuse observation d'elle-même de peur d'être ramenée à une voiture en flammes dont elle était sortie en rampant.

Elle se força à dîner, à prendre sa douche et à ouvrir son courrier. Le moindre de ses gestes avait basculé. Ils participaient maintenant tous de la préparation d'Ann pour autre chose. Elle s'était débarrassé d'un coup de tous ceux qui ne remplissaient pas cette fonction. Les magnifiques plantes vertes que bichonnaient Simon étaient mortes de déshydratation et de manque de lumière et elle avait offert au fils de la voisine l'aquarium d'Ethan dans lequel trois poissons que l'ennui avait décolorés ne s'affolaient même plus du reflet d'une main.

Il aurait été dangereux de se leurrer, de prétendre que l'existence pourrait un jour reprendre un cours presque habituel. Elle redoutait l'anesthésie confortable des rites quotidiens, comme si seul le ravage de sa vie pouvait la pousser. Elle éprouvait une sorte de délectation, presque du soulagement, dans cette succession de douleurs étrangères qui la tenaient en éveil.

Elle éteignit les deux postes de télévision, se coucha et s'endormit immédiatement. Un choix nécessaire.

Elle avançait très lentement. Le sol en ciment de ce qui ressemblait à un grand entrepôt résonnait et il fallait qu'elle soit silencieuse. C'était impératif et elle savait pour quelle raison : elle n'était pas seule. Quelqu'un se rapprochait, quelqu'un qui ne devait pas détecter sa présence. Elle se rendit compte qu'elle portait de gros gants roses de ménage et ne s'en étonna pas. Elle avait un peu peur mais une excitation croissante la poussait en avant. Elle touchait au but, encore quelques mètres, encore quelques marches d'un escalier métallique à gravir et elle saurait. Il faisait très frais, pourtant elle sentait la sueur mouiller ses cheveux. Elle les ramena vers l'arrière et ses doigts, qui flottaient dans ses gants, s'emmêlèrent dans ses boucles brunes et serrées.

Ann se réveilla en sursaut. Elle était auburn et ses cheveux raides étaient depuis des années coupés au carré. Clara Saragan avait investi son sommeil et ses rêves. Curieusement cette certitude ne la troubla pas. Une seule chose était importante : ce rêve avait-il une quelconque signification ou n'était-ce qu'une sorte de poubelle allégorique ? Où se trouvait ce hangar ? Avait-elle été abattue là-bas ? Non, c'était Clara qu'on avait tué, pas elle !

Il était quatre heures du matin et Ann tenta de se rendormir. Ethan voulut se faufiler dans ses neurones... Il l'appelait par son prénom, d'une voix étrange, hargneuse et insistante. Elle se leva d'un bond et demeura bras ballants, sans très bien comprendre la cause de son incoercible chagrin. Elle s'assit comme une masse sur le rebord de son lit et une quinte de sanglots secs l'étouffa : Ethan ne voulait plus l'appeler « maman », et cet amalgame onirique, ce délire d'influx nerveux la blessait de façon irréparable. Elle fit un effort gigantesque pour se remettre en elle, pour revenir à la conclusion qu'elle devait faire quelque chose, n'importe quoi, ne pas rester là, sur ce couvre-lit. Il fallait se persuader que la confusion malfaisante de ses rêves n'était due qu'au trouble de ces heures nocturnes où tout prend un relief cruel et dévastateur.

Elle avait vidé le contenu de tous les placards de la cuisine et entreprenait de les ranger différemment lorsque la sonnerie du téléphone la fit sursauter. Il était six heures du matin.

— Richard Codrington. Je suis désolé, Ann, je vous réveille sans doute, mais j'ai une notion de l'heure très personnelle.

— Non, j'étais en train de ranger les placards de la cuisine. C'est la deuxième fois depuis le week-end. Je pourrai bientôt rédiger une thèse sur le sujet.

— Utile mais chiante entreprise, n'est-ce pas ? J'ai réussi à déverrouiller le disque dur du micro de Clara. Il n'y a pas grand-chose mais quelques fichiers sont réapparus. À mon avis, elle se méfiait : les fichiers que j'ai récupérés avaient été effacés. Par chance elle était tout sauf informaticienne. C'est du bricolage, tant mieux pour nous. Dans ce que j'ai retrouvé, il y a l'adresse d'un labo agrée par le gouvernement fédéral.

— Un labo de quoi ?

— J'ai farfouillé sur le Web. Il s'agit d'un labo d'analyses radiométriques et toxicologiques. Elle avait demandé qu'il soit procédé à toutes les analyses possibles et imaginables sur un gant.

Il sembla à Ann que l'intérieur de son crâne devenait glacé et qu'on la tirait vers l'arrière, vers ses rêves.

— Ann, vous êtes là ?

Elle déglutit et sa voix lui sembla presque étrangère lorsqu'elle demanda :

— Oui. Un gant comment ? Un gant de ménage ? Rose ?

— C'est marrant, enfin si je peux dire. Je ne m'en étais pas aperçu avant de vous avoir au téléphone, mais par moment vous avez les mêmes intonations que Clara, pressées et vibrantes, si vous voyez ce que je veux dire. Pourtant, vous ne lui ressemblez pas du tout physiquement. Pourquoi un gant de ménage rose ?

— Comme ça.

La voix de Richard lui parvint, sèche et méfiante :

— Ann, je vous l'ai déjà dit : nous sommes en binôme sur ce coup. Pas de cachotterie ou je vais imaginer que vous me truandez.

— Non, j'ai fait un drôle de rêve.

Et Ann lui raconta cette nuit décousue, sans mentionner Ethan. Elle crut presque l'entendre sourire lorsqu'il reprit :

— Vous êtes médium ou quoi ?

— Je ne crois pas à ces trucs-là, même maintenant.

— Il ne s'agit pas de foi, il s'agit de faits, là comme ailleurs. Je ne sais pas si c'était des gants de sport, de latex, ou de ménage.

— Vous pouvez l'apprendre ?

— Si le labo entre ses demandes d'analyses ou ses factures sur ordinateur et que leur système est lié à un réseau, oui.

— Alors faites-le.

— Ann, vous savez que si nous nous faisons pincer, cela risque de nous coûter très cher ?

— Sans blague ? Ça a déjà coûté très cher à Clara, et pour elle ce n'était pas juste un risque.

— Okay, boss ! Ça roule. Je vous rappelle dès que le poisson a mordu à l'hameçon de tonton Richard.

Il était tard quand Ann rejoignit son bureau. Elle avait longuement hésité, au cours de son rangement, sur le sort qu'il convenait de réserver aux pots d'épices qu'aimait collectionner Simon. Il découpait pieusement toutes les recettes qu'il repérait dans les journaux et les magazines, et les rassemblait ensuite dans un grand classeur. Ann trouvait sa manie à la fois charmante et agaçante. Simon n'avait jamais eu le temps de dépasser le stade de la vinaigrette à la française. Il avait développé depuis leur mariage une sorte de maniérisme gastronomique qui justifiait, selon lui, ses critiques acerbes. Ann avait perdu le compte des restaurants dans lesquels leur clientèle n'engendrait plus aucun enthousiasme. Elle s'était demandé si elle devait jeter cette odorante collection de petits pots puis les avait replacés au même endroit. Pour la première fois depuis l'accident, elle n'avait pas eu peur de repenser à son mari.

Victor Park, du Marketing, passa la tête par la porte de son bureau en fin de matinée :

— Mon éternelle et inaccessible fiancée m'autorise-t-elle à l'inviter à déjeuner ?

Ann lui fit signe d'entrer avec un sourire. Victor avait l'élégance un peu malhabile d'un homme trop beau. L'excessive beauté des hommes suscite toujours une suspicion parce qu'on y voit une sorte de compensation d'un manque d'intelligence ou de bonté. Victor était un éblouissant démenti à cette règle. Il existait chez cet homme une sorte de gaieté permanente qui n'avait jamais besoin de devenir acerbe, son humour s'amusait de tout sans aigreur ni revanche. Il n'avait jamais été un allié d'Ann chez Piper & Murgen, mais du moins savait-elle pouvoir compter sur sa neutralité bienveillante. Victor avait été engagé quelques années plus tôt, sans doute en raison de ses qualités professionnelles, mais surtout parce qu'il possédait un carnet d'adresses prestigieux et un sens inné du lobbying.

Victor s'assit en face d'elle, la regarda triturer le dossier qu'elle travaillait sur son PC et poursuivit d'un ton faussement menaçant :

— Et ne me dis pas que tu es déjà prise, j'ai vérifié avec ta secrétaire.

— Je ne suis pas une compagnie très agréable en ce moment, tu sais.

— Chouette, j'adore les femmes sinistres, ça me permet de briller à peu de frais… Sans blague, Ann, ça me ferait plaisir. J'ai le sentiment que tu m'as abandonné, et cette turne est assez désertique sans toi.

— Oh qu'il est futé ! La guimauve, ça marche toujours, n'est-ce pas ?

— Alors c'est d'accord ? Thaï ?
— Thaï !

Ils s'installèrent à une table calme, dans ce restaurant de Newberry Street qui proposait à une clientèle d'habitués une vraie cuisine thaï. L'alternance des plats subtils ou claquants de saveur et d'épices était réglée comme un ballet. La propriétaire du restaurant se faisait un devoir de flotter entre les tables, consciente que sa beauté étrange et son extrême élégance rajoutaient au succès du repas. C'était une jeune femme mince et de grande taille qui portait ses longs cheveux arrangés en de difficiles et lourds chignons. Elle était toujours vêtue d'une longue robe traditionnelle qui balayait le sol, donnant à sa démarche une grâce presque aquatique. Son crâne était rasé sur quelques centimètres, prolongeant la courbure parfaite du haut front pâle de poudre et signalant l'importance de sa caste. Elle parlait peu, dans une sorte de murmure, et le regard de Victor se faisait tendre et caressait le délicat sourire de ses lèvres peintes. Il avait un jour avoué à Ann que cette femme lui semblait être l'une des rares versions parfaites de la beauté parce que ni les modes ni le passage des ans, la fine usure du temps ne pouvaient l'altérer.

Victor et Ann s'entretinrent de choses et d'autres, de la boîte, du temps vif et sec, et même de l'accident sans qu'elle sente son esprit se rétracter au plus profond de sa tête. Elle avait le sentiment de retrouver une vieille et confortable habitude et elle fut reconnaissante à Victor de lui offrir cette parodie de quotidien, cette trêve avec le trop différent, le trop aigu.

Lorsque les pommes fondues mêlées de pétales de fleurs et constellées de graines de sésame chaud arrivèrent devant eux, Ann avait presque oublié ce bout de nuit interminable sur l'autoroute. Ils gloussèrent à propos du bide colossal que venait de connaître cette pitoyable pièce intitulée *Le fantôme de Bette Davis*, de l'inquiétant recensement des rats dans le quartier de Mission Hill, bref de toutes ces préoccupations urbaines qui avaient encombré la vie d'Ann jusque-là. Brusquement, le nom de Clara Saragan surgit dans la conversation. Ann fut plus tard incapable de se souvenir qui l'avait prononcé le premier, non que la chose eut une importance quelconque puisque tout le monde en parlait, mais juste par curiosité chronologique. Victor fixa le morceau de pomme qu'il tenait fermement serré entre ses baguettes rondes et lâcha :

— Putain, c'est dégueulasse ce truc, merde, une femme enceinte. Enfin, pardon, je veux dire, de toute façon c'est gerbant, mais en plus abattre cette femme avec son ventre plein du bébé, merde, je ne sais pas… ! Ça vit un bébé, quand ça naît à sept mois ?

— Bien sûr. Avant, même…

— Elle avait déjà deux enfants, je crois ?

— Oui.

Le regard de Victor se fit songeur.

— Tu sais, ça m'a vraiment foutu un choc, parce que je l'avais croisée quelques jours avant sa mort, reprit-il après un court silence.

— Ah bon ?

— Oui, elle est passée chez nous, chez Piper & Murgen, je veux dire.

L'attention d'Ann abandonna l'univers confortable où l'avait entraîné leur babillage de citadins :

— Comment cela ?

— Tu ne l'as pas vue, tu étais à San Francisco pour cette boîte d'intérimaires de choc et de luxe.

— Tu veux dire le labo volant pour la NASA ?

— Tout juste. Avec cette grotesque histoire de bandes jaunes.

— Ce n'est pas grotesque. Chaque seconde coûte la peau des fesses. Les bandes jaunes servent à se rendre d'un point à un autre des labos dans les plus brefs délais, c'est comme une piste d'atterrissage.

— Tu devrais les mettre sur patins à roulettes !

— Les stagiaires qui assurent la coordination des personnels scientifiques ont déjà des patins à roulettes. Bon, et alors, cette femme ?

— Elle est passée voir Stanley Brydon un après-midi, je ne sais plus exactement quand. Ça m'a fait un choc quand j'ai appris qu'elle était morte une ou deux semaines plus tard.

— Et pourquoi a-t-elle rencontré Brydon ?

— Je n'en sais foutre rien, ma puce. Tu connais la difficulté de mes relation avec Brydon, à part « bonjour, bonsoir » et le fait que chacun souhaite à l'autre une crise bien douloureuse de calculs rénaux, ou une monstrueuse maladie dermatologique localisée sur une extrémité stratégique, moins on se voit, mieux on se porte.

— Attends, Victor. Cette fille était journaliste, donc à part obtenir des renseignements, elle n'avait aucune raison de contacter la boîte.

— Je n'en sais rien, Ann. Je te dis qu'elle est passée dans les couloirs et que sa mort m'a fait un choc, en plus du contexte, c'est tout.

Ann jugea préférable de ne pas attirer l'attention de Victor. Elle laissa tomber le sujet et se lança dans une interminable liste de pesteries à l'encontre de Debbie Prior. La chose l'amusait maintenant parce qu'elle n'avait plus aucune réalité. Quelques semaines plus tôt, Debbie Prior était la rivale qu'il fallait surveiller, dont il ne fallait pas laisser passer le moindre soupir, la moindre inattention. Elle était devenue en quelques secondes, en quelques tonneaux, une sorte d'emblème plat, une caricature de ce qu'aurait pu être la vie si elle avait continué sur la même trajectoire. Debbie Prior faisait maintenant partie des sujets de conversation aisément abordables parce qu'inexistants.

Victor ne comprit pas qu'il s'agissait d'un leurre et sourit, satisfait :

— Ah ! La vacherie te revient ! C'est bon signe. Eh bien, je ne vais pas te rendre la vie plus facile. La petite Debbie est extrêmement brillante et donc extrêmement dangereuse. Tu connais le faible de Julius pour les jolies jambes et les jolis culs montés sur une tête qui fonctionne à plein régime ? Je veux dire que tu le connais expérimentalement !

— Qu'il est drôle, ce Victor ! Julius est un homme très bien élevé et très efficace et il ne m'a jamais mis la main aux fesses. Du reste, je crois que la seule chose qui fasse vraiment bander Julius, c'est de gagner et que sa boîte progresse toujours.

— L'efficacité n'empêche pas le goût pour les jolies choses et Julius est un esthète. Il aime les belles toiles, les voitures racées, l'élégance vestimentaire et les jolies femmes. De surcroît, je pense que Debbie ne serait pas opposée à une OPA en règle de notre-maître-à-tous sur ses charmes et j'emploie ce terme parce que je suis toujours poli avec les dames.

— Elle veut monter, la sale petite bête !

— Hum, je crois que c'est plus complexe que cela. Elle veut se rapprocher le plus possible du génie de Piper. Que ce soit une approche verticale ou horizontale fait peu de différence. Tu savais que Stanley Brydon avait tenté sa chance avec Debbie ?

— Non. Et alors ?

— Il s'est fait jeter très sèchement. Il était vexé comme un pou.

— Tu jubiles, on dirait ?

— Un peu, ma puce. J'aurais volontiers filé un mois de salaire pour observer la chute de son maxillaire, et du reste, lorsqu'elle lui a répondu d'un ton apitoyé : « Enfin, Stanley, vous êtes-vous regardé ? C'est une plaisanterie, j'espère ? »

— Elle lui a vraiment balancé ça ?

— Oui, parole de secrétaire.

— Kim, la secrétaire de Debbie ?

— En personne.

— Elle est pourtant très discrète.

— Certes, mais elle bichait ce jour-là et elle voulait sans doute ajouter à la déconfiture de Brydon. Il a assez tenté de la tripoter et elle n'avait pas les mêmes moyens de défense que Debbie.

Ann réprima un rire. Elle supportait difficilement Brydon et le fait d'imaginer la scène la distrayait :

— J'ignorais qu'il était libidineux.

— J'adorerais pouvoir te le certifier. En fait, je ne sais pas s'il l'est vraiment ou si ses avances se sont limitées à Kim et Debbie. De toute façon, c'est un con et un gommeux. Son ego est si bien structuré que je doute que des baffes dans la gueule lui apprennent quoi que ce soit.

Ils continuèrent jusqu'au café cet échange de cancans pas même méchants qui n'avait pour Ann de réel que le souvenir qu'elle gardait d'échanges similaires et passés. Victor régla l'addition et hésita :

— Ann, attend, je cherche comment formuler ce que je veux te dire. Surtout ne le prends pas mal, même si c'est inacceptable, prématuré et sans doute déplacé. Ce que je veux dire c'est que c'est quand tu veux, où tu veux, si un jour tu as besoin de moi, ou autre chose, n'importe quoi.

Ann baissa le regard. Peut-être aurait-elle dû être émue, ou choquée. Elle était simplement embêtée par ce qui n'était à ses yeux qu'un autre détail, un détail dévoreur de temps. Elle choisit l'humour pour le régler au plus vite :

— Quoi ? Tu abandonnerais ce troupeau de femelles qui te suit depuis des années ? Allons Victor, en plus tu ferais une très mauvaise affaire, car c'est bien de cela dont il s'agit, n'est-ce-pas ?

— Ah, j'aime les femmes intelligentes. Oui, c'est de cela dont il s'agit. Ce n'est pas grave, j'ai le temps. Quant à la bonne affaire, je m'en fous. Je rêve d'être sur la brèche en permanence et selon moi tu es la meilleure partenaire pour ce genre de jeu. On arrête là, d'accord ? Enfin pour l'instant.

— D'accord. On y va ?

Ils flânèrent sur le chemin du retour.

Victor badinait et Ann souriait, se demandant pour quelle raison Clara Saragan avait rencontré Stanley Brydon. Ce que pensait Victor Park lui était indifférent, pourtant, elle l'aimait bien.

Pour quelles raisons était-elle tombée amoureuse de Simon ? Car elle en avait été très amoureuse, même si ces dernières années avaient tant rempli sa vie qu'elle avait fini par ne plus savoir aussi précisément qu'elle l'aimait, lui, pas seulement l'habitude qu'elle avait de lui. Une peine étrange la fit ralentir. Elle venait de découvrir qu'elle l'aimait pour tout ce qu'elle détestait chez lui. Sa rigidité, son incapacité à composer, à ployer. Ce qu'il appelait « son refus de présenter son cul même lorsque l'autre était le plus fort ». Elle y avait vu un manque d'intelligence et d'adaptabilité, une sorte d'égoïsme aussi. Elle découvrait aujourd'hui une nouvelle définition du courage. Il existait chez son mari une étrange contradiction qu'elle avait été incapable d'admettre : une extrême distance par rapport aux choses humaines, une forme de cynisme et un besoin insatiable de justice et de morale. Lorsqu'il déclarait :

« Au bout du compte, ma cocotte, tu es toujours seul face à toi-même et tu as intérêt à ce que l'image que te renvoie le miroir tous les matins soit aussi plaisante que possible, parce que la chirurgie esthétique de l'âme, ça n'existe pas », il avait raison, encore une fois.

7

Lorsqu'elle raconta un peu plus tard son déjeuner à Richard Codrington, elle sentit que lui aussi s'étonnait. Mais quelque chose dans la voix du jeune homme la troubla. C'était presque indéfinissable, seulement perceptible parce que la conversation était téléphonique. Elle serait sans doute passée à côté s'il avait été en face d'elle, parce que son attention aurait été partiellement focalisée ailleurs. C'était une sorte de joie ou d'excitation déplaisante et déplacée. Elle se demanda si les motivations de Richard Codrington n'étaient pas beaucoup plus complexes et moins honorables que ce qu'il avait voulu admettre, mais abandonna bien vite ses spéculations : après tout, qu'en avait-elle à foutre ? Le principal était qu'il fouine pour elle.

— Intéressant, Ann. Je crois que je vais venir me balader sur le disque dur de Stanley Brydon, c'est bien cela ?

— Oui.

— C'est quel genre de type, ce Brydon ?

— Il dirige le département « Images » de la boîte. Il faut traduire par « images de marque ». Il est chargé de redessiner, parfois de retaper les « logo » de marques défaillantes. (Elle repensa à la réflexion de Simon qui l'avait tellement agacée sur le moment : « En d'autres termes, Brydon se fait des couilles en or avec du vent. ») Stanley Brydon est un de ces requins plutôt prévisibles et donc peu dangereux. En fait, j'ai parfois le sentiment qu'il désespère de devenir un vrai tueur. Sa limite n'est pas la crainte du remords, c'est un incurable manque d'intelligence.

— A priori, je dirais donc que c'est un sympathique client pour nous. Votre réseau interne est protégé ?

— Bien sûr, mais c'est plus symbolique qu'autre chose à mon avis.

— Il faut se méfier, on a parfois de mauvaises surprises. J'aimerais que ce soir vous restiez après le départ des autres. Vous vous collez sur le Web et vous ne bougez plus. Je vais pénétrer dans l'intra-réseau de la boite via votre PC, ce sera beaucoup plus facile et plus rapide.

— Entendu.

— Ils partent vers quelle heure en général ?

— Disons que sauf exception, il n'y a plus personne après vingt et une heures.

— Okay, je note.

— Richard, vous avez appris quelque chose au sujet du gant ?

— Pas encore mais j'y travaille. À bientôt.

— À bientôt.

Une heure plus tard, Julius Piper la fit appeler dans son bureau, par l'intermédiaire de celle que tous avaient baptisé « la voix de Dieu », Karen-sa-secrétaire, en un seul mot.

Julius la regarda s'installer dans l'un des grands fauteuils profonds qui faisaient face à son bureau en lui souriant paternellement. Il la contempla quelques secondes et commença :

— Je vous ai volontairement peu vue ces jours derniers, Ann. Je tenais à ce que vous vous sentiez libre. Mais je m'ennuie de vous. Comment vous êtes-vous réinstallée dans notre bordel ?

Elle lui fut reconnaissante de ne pas demander comment elle allait.

— Comme d'habitude, je me faufile entre les boîtes à archives et les ordinateurs.

— Bien. Debbie nous a débusqué un nouveau gros client potentiel. L'agro-alimentaire. Ils veulent consacrer un budget, disons substantiel, à la validation d'un nouveau produit, une sorte de yaourt qui n'en est pas un d'après ce que j'ai cru comprendre. Ils n'ont pas de vraies structures de recherche chez eux et souhaitent sous-traiter dans le genre efficace, rapide et caution scientifique.

— Ils ont idée d'une base ?

— Oui. Ils ont mentionné l'université du Wisconsin.

— Madison ?

— Exact.

— Ils ont bon goût.

— Maintenant ils veulent aller de l'avant et boucler le plus vite possible. Ils attendent de nous le protocole, l'évaluation de temps et d'argent, bref comme d'habitude une validation clef en mains. Vous êtes partante ?

— Bien sûr, Julius.

Il lui tendit un mince dossier qui contenait la synthèse des premières discussions avec le client.

Elle lui sourit en sortant du bureau. Une grimace de déplaisir lui vint dès que la porte fut fermée. Ce n'était vraiment pas le moment qu'elle se tire pour plusieurs semaines au fin fond du Wisconsin. Elle avait des choses infiniment plus urgentes à régler ici. Julius, outre l'intérêt pécuniaire du contrat, croyait sans doute, comme tant de gens, qu'un voyage lui changerait les idées. Conneries. D'un autre côté, c'était le genre de réaction qu'elle aussi aurait eu, avant, vis-à-vis de quelqu'un qui comptait pour elle.

Elle lut et relut les quelques feuilles serrées dans le dossier. Amusant comme ces lignes l'emmerdaient et lui paraissaient dépourvues de sens, alors que quelques jours plus tôt, elle aurait bondi de joie à la perspective de réussir un coup juteux. Pourquoi avait-il fallu la mort de Simon pour qu'elle comprenne enfin combien il avait raison ? Tout ceci n'était qu'un jeu, un jeu cher et civilisé, dont les règles tacites étaient pratiquement invariables, mais un jeu. L'oublier, c'était se perdre. Elle avait cru dur comme fer à ce système qui se nourrissait de ses propres nécessités, qui s'inventait d'artificielles priorités pour avancer dans la direction qu'il s'était choisie et qu'il n'avait aucunement l'intention de modifier. Les machines devaient tomber en panne pour que d'autres les remplacent, les hommes devaient gagner de l'argent pour le dépenser, des enfants devaient naître pour mourir. Arrêter et tout de suite ! Elle n'avait pas les moyens de s'offrir ce genre de glissade dangereuse. Simon, lui, pouvait vivre avec de telles pensées, à côté d'elles, mais Ann manquait encore de subtilité, de morale peut-être aussi.

Elle s'absorba durant plusieurs heures dans l'étude de ses dossiers, surveillant les départs. Le personnel de l'agence quitta les lieux par vagues hiérarchiques, comme tous les soirs. Les coursiers et standardistes s'en allaient les premiers, suivis des secrétaires. Les secrétaires de direction s'attardaient encore un peu, puis les cadres moyens. Ceux qui avaient récemment grimpé quelques échelons mettaient un point d'honneur à trouver une dernière photocopie à faire, le local dans lequel étaient logées les photocopieuses représentant un point stratégique puisque Julius Piper, Dieu en personne, pouvait les apercevoir de son bureau. Enfin les Têtes se cramponnaient à leurs ordinateurs, leurs fax et téléphones une bonne heure supplémentaire, l'idéal étant de se précipiter pour attraper au vol l'ascenseur qui descendait Julius Piper en prenant l'air pressé et exténué.

De cela aussi Ann se foutait, maintenant. Elle passa la fin de l'après-midi et une partie du début de soirée immobile à son bureau, prétendant analyser ses dossiers, scrutant le moindre recoin de son cerveau à l'affût d'un indice qui lui permettrait de comprendre n'importe quoi, quelque chose, de percer ce secret qui se dérobait. Elle surveilla les bruits d'humanité qui s'atténuaient par ondes successives, se repaissant du silence qui s'installait progressivement. Il était presque vingt et une heures. Elle sortit furtivement de son bureau et s'aperçut avec consternation que le bureau de Stanlcy Brydon était encore allumé. Merde. Il devait travailler et en dépit de son QI limité, il risquait de se rendre compte qu'une fouine pénétrait dans son ordinateur.

Elle repoussa à moitié la porte de son bureau pour surveiller le départ de Brydon et composa le numéro de Richard qui décrocha immédiatement. Elle le mit au courant, couvrant sa bouche de sa main, pour qu'on ne risque pas de l'entendre.

— Merde, j'étais prêt. Bon, vous me rappelez dès qu'il se tire ?

— Okay. À plus tard.

Le chuintement des battants de l'ascenseur au bout du couloir la fit sursauter et elle jeta un œil sur sa montre : onze heures du soir. Où son cerveau avait-il dérivé durant ces deux heures ? Ann était incapable de s'en souvenir. Brydon était toujours dans son bureau et cette assiduité soudaine était, à elle seule, étrange.

Elle guetta les bruits et perçut le glissement étouffé de pas sur la moquette. Il devait s'agir du vigile de nuit. Merde, elle allait encore devoir sourire mécaniquement à ses plaisanteries éculées : « Ben encore à vot'poste ! Et vot'petit mari qu'est-ce-qu'il en pense, hein ? Y a pas d'l'eau dans le gaz, j'espère ? ». Ann éteignit précipitamment la lumière de l'halogène de son bureau, se disant qu'il n'avait pas pu la voir depuis le bout du couloir. Pourvu qu'il ne pousse pas la porte entrouverte : elle n'avait plus le temps de la refermer ! Recroquevillée derrière la table de son ordinateur pour qu'il ne la découvre pas, elle attendit. Une silhouette s'encadra fugitivement dans l'entrebâillement de la porte. Ce n'était pas le vigile, mais un homme grand et lourd, vêtu d'un long pardessus. Le son de ses pas s'éloigna, avalé par l'épaisse moquette du couloir, puis mourut. Elle entendit frapper contre le panneau d'entrée d'un bureau voisin : celui de Stanley Brydon.

Qui était ce type ? Pourquoi avait-il rendez-vous si tard avec Brydon ? À moins qu'il vienne simplement le chercher… Non, ce ne pouvait être qu'un rendez-vous… Ann se perdit dans ses réflexions. Une heure s'écoula avant qu'elle entende la porte de Stanley Brydon s'ouvrir à nouveau. Les deux hommes s'engagèrent dans le couloir. Ils parlaient amicalement mais suffisamment bas pour qu'elle ne parvienne pas à comprendre un traître mot de leur conversation.

Un regard lui révéla que la porte de son bureau était toujours entrebâillée, elle n'avait plus le temps d'aller la refermer. Immanquablement Stanley la verrait en passant. Oui, c'était inévitable… Elle eut un mouvement de panique et puis se ressaisit. En moins d'une seconde elle se retrouva calée dans son fauteuil, les coudes amarrés à son plan de travail et la tête posée entre ses mains. La pièce était plongée dans une pénombre atténuée seulement par les lumières de sécurité qui sillonnaient le plafond du couloir.

— Ann ? Vous êtes encore là, je vous croyais partie depuis longtemps.

La voix de Brydon. Ann fit mine de sursauter et se retourna d'un coup.

— Ah, Stanley, c'est vous ? Vous m'avez surprise. J'étais en train de réfléchir a ce dossier que vient de me confier Julius.

— Dans l'obscurité ?

— Oui, je réfléchis mieux lorsqu'il fait sombre.

Une foule de pensées traversèrent le cerveau d'Ann ; pour quelle raison Brydon qui, en général, se contentait de monosyllabes pour lui parler, faisait-il soudain preuve de tant d'attentions ? Comment parvenait-elle à garder son calme ? Pourquoi n'avait-elle pas peur ? Qui était ce type qu'elle distinguait à peine derrière lui ? Elle s'entendit demander :

— Soyez gentil, Stanley, avant de partir allumez le plafonnier… Sinon je vais finir par m'endormir. L'interrupteur est juste à votre gauche.

La lumière inonda son bureau et dans l'éclat de quelques dixièmes de secondes qui lui blessa la rétine, elle découvrit le visage du grand homme lourd. L'élégance sobre de son pardessus en cachemire beige et du costume sombre dont elle apercevait les revers semblait inappropriée. Elle chercha un mot pour définir la sensation que produisait sur elle le visage marqué mais séduisant, les cheveux poivre et sel bouclés et fournis, le regard bleu-glace : vrai et carnassier. Il y eut un infime moment où son regard croisa celui de l'homme avant qu'il ne disparaisse de l'embrasure de la porte et elle fut convaincue qu'elle le connaissait tout en étant certaine de ne l'avoir jamais rencontré. Elle entendit le glissement feutré des portes de l'ascenseur qui se refermaient et patienta encore quelques minutes avant d'appeler Richard. Elle lui raconta succinctement sa rencontre, et s'interrompit lorsqu'elle comprit qu'il était déjà plongé dans les méandres électroniques du réseau.

— Vous me rappelez lorsque vous aurez terminé, Richard ?

— Oui. Normalement, je ne devrais pas en avoir pour très longtemps. Une petite demi-heure au plus, le temps d'entrer, de recopier et de me tirer.

Ann nota sans impatience que plus de trois heures s'étaient écoulées lorsque la sonnerie de son téléphone grésilla.

— Merde, qu'est-ce que c'est que ce truc ! J'en ai chié des ronds de chapeau !

— Quoi ?

— Attendez, Ann. C'est qui au juste ce Brydon ? Il a installé sur son ordinateur un système de sécurité, une sorte de verrou hyper-sophistiqué que je n'ai rencontré que dans quelques banques. C'est un vrai piège à rats mis au point par l'armée il y a quelques années.

— Je ne comprends pas. Vous n'avez rien trouvé ?

Il triompha.

— Bien sûr que si j'ai trouvé, pour qui me prenez-vous ! Si vous veniez boire un verre chez moi ? Je vous raconterai.

— Un café me paraît plus approprié à cette heure-ci.

— Vous êtes d'un conventionnel !

Ann traversa Boston désert. Les trottoirs de brique étaient recouverts d'une fine pellicule de givre. La ville prenait en hiver l'allure d'un animal solide, tassé sur lui-même pour résister au froid. Une dizaine de minutes plus tard elle était dans Willow Street, une rue étroite, sans doute impraticable durant la journée, comme il en existe tant dans cet onéreux et très élégant quartier de Beacon Hill. Elle se gara en bas du petit immeuble où habitait Richard. C'était une ancienne maison bourgeoise transformée en appartements de luxe pour célibataires fortunés et branchés.

Ann gravit les trois marches qui menaient à la porte d'entrée principale. Il n'y avait que deux plaques d'interphone.

Richard la fit pénétrer dans un grand salon dont l'ameublement minimaliste et faussement négligé avait dû exiger les services d'un des meilleurs décorateurs de la ville et coûter une fortune. Un escalier aérien, dont rien ne semblait tenir les marches, s'envolait vers une large mezzanine qui faisait le tour de la pièce. Au centre du salon, les galets d'ardoise astucieusement agencés d'un bassin d'inspiration japonaise produisaient un frissonnement à la surface de l'eau qui s'écoulait mollement d'entre des graviers pâles. Richard, avec ses joues roses et imberbes d'adolescent, son ventre déjà bedonnant moulé dans un tee-shirt trop ajusté, était presque choquant, grotesque, au milieu de cet esthétisme glacé et si volontaire qu'il en devenait affligeant. Il ne manquait qu'un haut fagot stérile d'ajoncs en botte dans un coin et un vase prétentieux et étroit dans lequel se pavanerait une branche d'orchidée à l'unique fleur blanche.

— Installez-vous, suggéra-t-il en désignant la longue enfilade de futons gris pâle qui s'adossait contre l'un des murs de la pièce. Vous êtes vraiment décidée à boire un café ?

— Bof, finalement, quelque chose avec de l'éthanol dedans me fera du bien.

— Voilà qui est parlé. J'ai du whisky, beurk, du vin californien ou français, du cognac, du vrai, et même un fond de Martini. C'est pour faire plaisir à ma femme de ménage qui a un gros faible pour le Martini, je devrais plutôt dire pour « mon » Martini.

— Un cognac.

— Glace ou sec ?

— Triple.

— Je peux aussi vous le verser dans un bol.

— Ce serait dommage.

Il se dirigea vers le mur qui faisait face aux futons pour ouvrir un panneau que rien ne distinguait du reste et dont Ann n'aurait jamais soupçonné l'existence.

— Que signifie cette histoire de logiciel de protection aussi complexe ?

— Ben, j'espérais un peu que vous me l'expliqueriez.

— Raté. Alors ?

— C'est un truc que je n'ai rencontré que

deux ou trois fois. À l'origine ce sont les informaticiens de l'armée qui l'ont mis au point. Ils ont très récemment développé une nouvelle version qu'ils sont les seuls à exploiter, mais ils ont cédé une licence d'utilisation de l'ancienne mouture à quelques administrations et établissements privés sensibles, du genre siège de banque. Ce n'est pas inviolable, parce que rien ne l'est, mais presque. J'y ai passé plus de deux heures et je n'y suis parvenu que parce que je m'étais déjà cassé les dents dessus. Il va sans dire que s'il y avait eu quelqu'un de l'autre côté de l'écran, même pas très futé, je me faisais repérer. Le plus marrant dans l'histoire, c'est que la majeure partie du disque est très accessible. Elle n'est protégée que par un système obsolète et pas trop performant, comme le vôtre. Brydon a subdivisé son disque et c'est la partie qui s'appelle F qui est hyperprotégée.

— Je ne comprends pas comment et pourquoi Brydon aurait fait cela. Enfin, son intelligence ne m'a jamais frappée.

— À mon avis, vous n'êtes pas au bout de vos surprises. La seule chose qui soit planquée dans cette subpartie, c'est une longue liste de noms et d'adresses de transporteurs et de déménageurs.

— Pardon ?

— Vous avez bien entendu… J'ai aussi vérifié qu'il ne s'agissait pas d'un leurre ou d'une sorte de code. Aucun doute possible, la liste est quasi identique à celle que vous pouvez trouver dans les pages jaunes de l'annuaire de Boston et de sa région.

— Mais ça n'a aucun sens !

— En effet. Cela dit, petit rayon de soleil dans la tourmente : j'ai logé le labo qui avait été contacté par Clara et j'ai visité ses dossiers. Elle lui avait envoyé un gant à armature interne en fines mailles métalliques, revêtement en nitrile.

— Un gant rose ?

— Non, c'est décrit comme un gant vert et noir… Elle avait commandé une analyse toxicologique complète.

— Qui a donné quoi ?

— Rien, si ce n'est la présence de traces d'éther, et d'un savon antiseptique liquide très utilisé.

— Vous avez réussi à trouver où Clara s'était rendue peu de temps avant sa mort ?

— Oui. Elle a atterri à Ciudad Juárez, juste en face d'El Paso. Ensuite, elle a loué une voiture et a prétendu se rendre à Asunción.

— Et qu'y a-t-il de spécial là-bas ?

— C'est un coin désertique en pleine Sierra Madre. En dehors de quelques villages indiens, pour la plupart laissés à l'abandon, il n'y a rien.

— Vous semblez connaître la région.

— Évidemment ! C'est là qu'a commencé l'enquête de Clara sur l'exploitation des femmes mexicaines par certains groupes industriels.

— Vous croyez qu'elle avait du nouveau et qu'elle reprenait son enquête ?

— Jc n'cn ai pas la moindrc idéc. Mais j'ai autre chose. Elle a eu différents contacts avec une certaine Sharon Eastman. J'ai son adresse... Il faudrait savoir pourquoi Clara s'intéressait à elle.

— Donnez-la moi, j'irai la voir dès demain.

— 144 Ruggles Street, c'est dans Lower Roxburry. J'ai aussi son numéro de téléphone.

— Merci. Vous avez mieux travaillé que moi, j'ai l'impression.

— Qui sait ?

— Je crois que je vais rentrer prendre une douche. Il est presque quatre heures du matin.

— Vous pouvez dormir ici si vous le souhaitez. (Il gloussa.) Vous n'avez rien à craindre, du reste je suis plus petit que vous.

Cette précision la sidéra. Richard avait un côté si gamin, si peu charnel, que la moindre allusion sexuelle de sa part devenait incongrue.

— Merci, c'est gentil mais je préfère rentrer. Il faut que je me change.

— Comme vous voulez. Vous m'appelez lorsque vous aurez rencontré cette Eastman ?

— Bien sûr. À bientôt.

8

Un taxi la déposa le lendemain midi 144 Ruggles Street, en bas d'un petit immeuble défraîchi construit dans les années soixante sans aucune concession à l'imagination ou même à l'esthétisme. Simon affirmait toujours que l'architecture a ceci de commun avec le langage et la musique qu'ils servent tous trois à l'expression de l'âme humaine et qu'ils la modifient en retour. Ann contempla un instant l'étroitesse pesante des lignes, les fenêtres étriquées, les pingres escaliers en songeant que l'on devait finir par devenir mesquin dans ces cubes empilés. Un vieil homme avançait vers elle, hésitant à la regarder, tirant une poussette de marché dont dépassaient deux paquets de pain de mie. Sans doute la jugea-t-il suffisamment inoffensive et perdue pour lui adresser la parole :

— J'habite ici, madame. Si vous cherchez quelqu'un… je connais tout le monde.

— Oui, merci monsieur. Je cherche madame Sharon Eastman.

L'homme redressa sa poussette :

— Ah ! la pauvre femme. Ça ne doit pas être marrant, veuve si jeune et avec un tout petit. Oh, et puis, quelle mort affreuse !

— Je vous demande pardon ?

Il la regarda en souriant, ravi de l'occasion qui lui était offerte de parler enfin à quelqu'un d'autre qu'à lui-même :

— Ben oui, son mari, Bob Eastman, il est mort y a moins d'un an. Je dirais sept, huit mois… Il était chauffeur de poids lourds. Je ne sais pas ce qui s'est passé au juste, toujours est-il que son camion l'a écrasé. Selon l'enquête, il semble qu'il ait donné un coup de pied dans la cale qui retenait la roue pendant qu'il bricolait en dessous et que les freins étaient mal serrés. C'était un gars bien, Bob Eastman, gentil comme tout et puis serviable. Elle aussi, notez, c'est une gentille petite femme. D'après ce que j'ai cru comprendre, il ne lui a pas laissé grand-chose, on est des gens simples dans le coin. Elle m'a dit qu'elle déménageait. Elle repart dans sa famille. Je crois qu'ils sont du Kansas. J'y ai dit que c'était aussi bien. C'est dur la vie en ville pour une femme seule avec un gamin.

Ann sentit qu'il aurait pu continuer longtemps à lui décrire les autres habitants de l'immeuble, en dépit du froid piquant, de la buée épaisse qu'il crachait à chaque parole et de la goutte qui se reformait sans cesse au bord de sa narine et qu'il essuyait d'un revers de gant de laine bleue. Elle l'interrompit, aussi gentiment qu'elle le put :

— En effet, c'est affreux. Savez-vous si elle est chez elle aujourd'hui ? J'ai tenté de l'appeler, mais personne n'a décroché.

— Oh, oui, elle est là, j'habite sur le même palier. Je vous précède si vous voulez ?

— Avec plaisir, merci, monsieur. Voulez-vous que je vous aide, dit-elle en tendant la main vers la poussette.

Il sourit en baissant les yeux :

— Ne vous dérangez pas. J'ai encore quelques petites forces. Vous êtes une amie de madame Eastman ou une personne des services sociaux ?

Ann espéra s'en tirer par un peu compromettant :

— Ni l'un ni l'autre.

C'était compter sans la fringale du vieil homme pour les paroles, sans cette curiosité qui se satisfaisait des bribes de la vie des autres.

— Ah bon ? Mais alors vous êtes qui ?

— L'amie d'une amie.

Elle pressa le pas dans l'escalier pour se débarrasser de lui au plus vite, consciente qu'il ralentissait pour se donner le temps d'une autre question.

Ce fut lui qui sonna à la porte de l'appartement des Eastman. Ann faillit s'impatienter de son insistance et le remercia, plus sèchement cette fois. Il comprit le message et se dirigea vers sa porte, traînant à sortir ses clefs pour ramasser quelques menus riens supplémentaires, petits fragments de vie qui nourriraient ensuite ses spéculations. Elles allaient lui permettre de passer quelques heures d'une journée qui ressemblait tant aux autres qu'il avait l'impression de revivre toujours la même. Il referma la porte derrière lui.

Il sembla à Ann que Sharon Eastman mettait un temps fou à lui répondre. Enfin, le visage terne et fatigué d'une femme entre deux âges apparut dans l'embrasure de la porte, entravée par une chaîne :

— Vous êtes madame Eastman ?

La femme acquiesça d'un signe de tête, sans un sourire.

— Je m'appelle Ann Hawk. Je souhaiterais vous parler.

— C'est la mairie ?

— Non, je suis consultante. Puis-je m'entretenir quelques minutes avec vous, je n'en ai pas pour longtemps.

Sharon Eastman hésita, puis accepta de retirer la chaîne avec un soupir agacé.

Ann pénétra dans un étroit couloir sombre qui menait à droite vers une cuisine et à gauche vers une porte fermée.

— Je ne vous fais pas entrer au salon. Mon fils dort et j'ai eu assez de mal à l'endormir. Il a beau être encore petit, il sent que les choses ne sont plus normales.

— Ce n'est pas grave, je comprends.

Ann hésita quelques instants, ne sachant comment aborder cette femme. Enfin, Sharon Eastman proposa d'un ton las :

— On peut aller dans la cuisine si vous voulez. Il fait plus chaud qu'ici. C'est mal isolé.

— Volontiers, je vous remercie.

La cuisine était de taille moyenne. Une table de salle à manger occupait la presque totalité de l'espace libre. Tout y était économe jusqu'au mauvais goût et méticuleusement propre, entretenu pour durer le plus longtemps possible. Ann se demanda si cette femme, elle aussi, passait ses nuits à ranger et reranger les placards. Elle contempla Sharon Eastman qui la fixait d'un regard sans chaleur mais sans agressivité. Elle paraissait dix ans de plus que son âge, et le petit pull en mohair vieux rose qu'elle portait affadissait encore son teint. Une gêne pénible envahit Ann. Elle n'osa pas déboutonner son manteau, posa son magnifique sac à main de marque par terre et le poussa du pied sous la table. Elle n'ôta pas ses gants de chevreau parce qu'elle portait son alliance en brillants et ce gros saphir que lui avait offert Simon pour la naissance d'Ethan. Elle se lança, dans un souffle :

— J'ai eu votre nom par Clara Saragan, la journaliste. C'était une très bonne amie.

Les changements rapides qui s'opérèrent sur le visage de Sharon Eastman stupéfièrent Ann. Son regard sec mais absent se fit glacial et mauvais, ses lèvres blanchirent et se serrèrent jusqu'à ne plus former qu'une sorte de cicatrice, ses maxillaires se crispèrent. Elle se leva, lentement, et cracha d'une voix sifflante :

— Sortez d'ici !

Comme Ann ne réagissait pas, elle hurla :

— Barrez-vous maintenant, ou j'appelle !

Ann se demanda durant une seconde si elle n'allait pas la frapper et se leva à son tour.

— Mais, pourquoi…

Sharon Eastman lança d'une voix tremblante de rage :

— Ça ne suffisait pas de cette connasse, il fallait aussi sa copine, c'est ça ?

— Elle a été abattue de deux balles. Elle était enceinte, vous le savez ?

— Et alors, qu'est-ce que j'en ai à foutre ! Mon mari aussi est mort, et lui, il n'emmerdait personne, lui, il ne vivait pas en parasite sur la souffrance des autres. Tirez-vous, j'ai dit.

De l'autre côté de l'appartement, le cri d'un bébé s'éleva.

— Madame Eastman, je…

— Laissez tomber ce ton compatissant avec moi. Vous ressemblez bien à l'autre tordue. Elle voulait m'aider, hein ? Elle me consolait soi-disant, mais en fait, elle me tirait les vers du nez. Elle voulait trouver un truc, n'importe quoi pour faire mousser son papier, pour avoir un autre prix. Seulement aujourd'hui c'est pas elle qui va m'aider à vivre, c'est pas elle qui se fait chier dans ce trou à rat, c'est pas elle qui a eu une vie de merde, sans jamais rien de vraiment chouette, c'est pas elle qui nourrira mon gosse. Je l'ai foutue à la porte. Mon mari a été pulvérisé sous un vingt tonnes. C'est ce que les journaux nomment « un affreux concours de circonstances », je l'ai lu. Ça vous suffit ? Alors maintenant partez et fichez-moi la paix.

Ann resta plantée devant elle, suivant la glissade de plus en plus rapide des larmes que Sharon Eastman n'avait pas l'air de sentir. Elle s'étonna de sa propre réaction. Avant, elle aurait couru vers la femme blessée, avant, elle l'aurait prise dans ses bras et pourtant, avant, les gens avaient tellement peu d'importance pour elle. Ann récupéra son sac à main et déclara d'une voix plate :

— Madame Eastman, le meurtre de Clara Saragan fait l'objet d'une enquête du Boston Police Department. Ses visites, l'accident de votre mari ne sont peut-être pas étrangers à l'affaire. Je veux savoir qui l'a abattue comme un chien et pourquoi, et je l'apprendrai. Vous avez parfaitement le droit de refuser de me répondre et même de me jeter dehors. Je doute qu'il en aille aussi facilement avec les flics.

Sharon Eastman la fixa et Ann fut incapable de déterminer ce qui l'emportait dans ce regard de la haine ou de la peur. À l'autre bout de l'appartement, les cris du petit garçon leur parvenaient par à-coups, Ann se fit la réflexion idiote que jamais les yeux de Sharon ne déviaient dans cette direction, comme si elle n'entendait rien.

— Sortez immédiatement !

Ann obtempéra, sans un mot de plus.

Elle redescendit lentement le petit escalier trop sonore. Elle se sentait fatiguée, un peu décalée aussi. Un pas lourd et prudent la précédait. Elle rejoignit sans le vouloir le vieil homme d'en face et sut qu'il l'avait attendue. Il venait aux nouvelles. Elle fut partagée entre une peine étrange et une exaspération difficilement contrôlable.

— Quel malheur, hein ?

— En effet, répondit-elle sans parvenir à adoucir son intonation.

— Remarquez, c'était reculer pour mieux sauter, cette histoire.

— Pardon ?

— C'est que… je ne suis pas dans les secrets de la famille, mais il était malade cet homme, Bob Eastman, je veux dire.

— Comment cela ?

— Ben oui. Moi je me suis toujours dit, en mon for intérieur, qu'il avait un cancer. C'était pas un fumeur ni un buveur, pourtant. Mais il était toujours pâle, pas en bonne santé quoi. Si ça ce trouve, quand il était sous le camion il a eu comme un évanouissement, ensuite c'est le réflexe nerveux, le coup de pied dans la cale, et pof ! Enfin, de toute façon, il est mort, et bien mort. C'est ceux qui restent qui sont à plaindre... Voyez pour moi, quand ma femme est morte, y a de ça cinq ans...

Un taxi passait et Ann le héla. Elle s'engouffra dans la voiture sans avoir remercié ni salué le vieil homme. Cette phrase tellement anodine, tellement rabâchée et presque ridicule qu'il avait lancée était d'une infinie justesse. Lui l'avait peut-être déjà oubliée, pas elle, parce qu'elle venait de la découvrir : « C'est ceux qui restent qui sont le plus à plaindre. » Elle lui en voulut d'avoir réduit la mort de Simon et d'Ethan à un stupide adage et d'avoir si bien épinglé sa propre survie.

Elle se fit déposer à l'angle de Willow Street et de Mount Vermont Street, se demandant si elle n'aurait pas dû appeler Richard Codrington avant de sonner chez lui. Lorsqu'il ouvrit la porte, ses petits cheveux blonds et trop fins étaient hirsutes et il se frottait les yeux comme un enfant réveillé en sursaut. Il déclara en bâillant :

— Vous auriez dû me prévenir que vous étiez le genre « oiseau du matin ».

— Il est presque deux heures de l'après-midi, Richard.

— Ah bon. Donc, j'ai dormi quatre heures, voilà qui est parfait et qui respecte mon programme de réduction de sommeil... Étant entendu que l'on a uniquement besoin du sommeil paradoxal pour nettoyer les neurones, que celui-ci dure deux à trois heures par nuit, que le reste n'est qu'endormissement ou réveil et que moins on dort plus on passe vite en sommeil utile, je ne me permets plus que cinq heures de sommeil par période de vingt-quatre heures. D'ici un mois, je vais passer à quatre. Le sommeil est une perte de temps qui me mine, j'ai tellement de choses à faire. Bien, on petit déjeune ?

J'ai déjà petit déjeuné. Je suis une pauvre mortelle qui dort huit heures par nuit. Enfin, je veux dire, normalement. Mais j'accepte volontiers un bol de céréales et pendant que je l'engloutis, je vous raconte.

Un demi-heure plus tard, Richard, le coude aplati contre la table en inox de la cuisine qui ressemblait à l'une de ces paillasses d'examen qu'on voit chez les vétérinaires ou les gynécologues, demanda :

— Et selon vous ?

— Je ne sais pas, cette femme avait l'air dévastée. Pourtant il y a quelque chose qui me gêne dans cette histoire. C'est très diffus. J'ai surtout eu le sentiment qu'elle avait peur et je crois qu'il y avait quelqu'un d'autre chez elle, dans le salon, c'est pour cela qu'elle a mis tant de temps à venir m'ouvrir. (Elle sourit.) Sans doute est-ce ma paranoïa.

Richard la contempla et lâcha :

— J'ai développé une théorie révolutionnaire et très subtile sur la paranoïa comme infaillible projection de l'instinct de survie. Jusque-là, la réalité ne m'a jamais démenti.

— Peut-être, mais je ne suis pas sûre que l'instinct de survie soit toujours souhaitable.

— Ah mais si. (Il la considéra, un pli hésitant aux lèvres et poursuivit :) Je sais à quoi vous faites allusion.

Elle le regarda, souhaitant ne pas comprendre. Il reprit d'un ton extrêmement doux :

— Bien, il vaut mieux en finir, n'est-ce pas ? Je ne suis fair-play qu'avec les gens dont je sais qu'ils n'accepteront pas d'escroquerie. J'ai pénétré dans le réseau interne du Brigham and Women Hospital, et j'ai hacké les dossiers « patients » du docteur Martha Grey. Elle y a consigné vos conversations, ses doutes et ses questions.

Ann se leva d'un bond et la gifle partit. Richard ne fit rien pour la parer. Médusée, elle regarda la trace de ses doigts enfler sur la peau pâle et rose, devenir cerise. Il passa l'index sur sa joue et demanda du même ton, très calme et amical :

— On continue ou vous partez ?

Ann se rassit, respirant fort par le nez.

— Je ne suis pas très fier de mon procédé et je comprends qu'il vous hérisse. Mais j'avais besoin de savoir, Ann. J'ai compris. C'est dingue, mais compréhensible. Au risque de vous paraître présomptueux, ou même con, je voulais vous dire qu'on est tous coupables de quelque chose. Certaines de nos lâchetés, de nos erreurs, de nos manquements sont tellement évidents et lourds qu'ils vous empoisonnent, d'autres sont moins graves, moins exigeants et on croit que l'on peut composer avec. On a toujours le choix entre le cynisme ou la rédemption, n'est-ce pas ? De toute façon, ni l'un ni l'autre ne guérissent jamais rien. Ce sont des antalgiques. Il suffit de trouver celui qui calme la douleur, parce que rien ne la fait jamais disparaître. Qu'avez-vous décidé ?

Elle le fixa, sans aucune aménité :

— Je reste.

— C'est bien.

— Je ne veux plus qu'on en parle.

— Okay. Je suis à votre disposition.

— Vous avez encore de cet excellent cognac ?

— Oui.

— Richard, quel était le péché de Clara Saragan ?

— Son égoïsme forcené. Clara n'existait que pour elle.

— Vous étiez amants ?

— Disons que nous avons baisé ensemble… Ce n'est pas tout à fait la même chose.

— Vous l'aimiez ?

— Finalement non, contrairement à ce que j'ai cru durant des mois. J'aimais ce que j'aurais voulu qu'elle soit. C'est-à-dire tout sauf elle.

— Et elle ?

— Clara ? Aimer quelqu'un ? Vous plaisantez. Vous savez, c'est étrange… Les hommes, moi le premier, ont généralement le sentiment que les femmes sont irremplaçables parce qu'elles possèdent une inépuisable puissance d'amour à distribuer. C'est le mythe de la mère et de l'amante. Elles le diffusent partout, vers l'homme qu'elles ont choisi, leurs enfants surtout, une cause peut-être... Clara était complètement passée à côté le jour de la distribution. Clara faisait partie de cette race de gens qui sont certains que les autres n'ont pas à leur imposer d'amour, ni à en revendiquer en retour. C'est sûr que c'est plus confortable. Il n'y avait que Clara pour Clara et ça lui allait parfaitement bien. Ses distractions, ses amusements, c'était elle. L'objet de sa fascination, idem, c'était encore elle. Clara n'avait besoin de personne en dehors d'elle-même, ni de ses enfants que son mari élève, ni de lui, ni surtout de moi. Autrement dit, j'en ai pris plein la gueule mais elle est toujours restée correcte professionnellement. Simplement il ne fallait pas que je l'attende où elle ne voulait pas être.

— Pourquoi ne l'avez-vous pas quittée, enfin je veux dire mis un terme à cette relation ?

— Je vous donne la raison rassurante ou je déballe le reste en prime ?

— Faites-moi la totale.

— La raison rassurante, celle à laquelle je me suis accroché, c'était la baise. J'ai tenté de me convaincre qu'en fait je n'avais rien à faire d'elle en dehors d'un partenariat sexuel particulièrement bien réussi. Jusqu'au jour où je me suis rendu compte que mon vrai fantasme était de la réformer. Vous savez, le genre cul-cul la praline, « elle va comprendre un jour qu'elle m'aime et elle va changer, rien que pour moi ». Pathétique, non ? Je vous ai dit que j'étais une vraie midinette.

— On fait la paire. Le problème c'est qu'il a fallu que je tue mon mari et mon fils pour le comprendre.

— Vous ne les avez pas tués.

Ann ricana, le cognac lui faisait du bien :

— Alors selon vous aussi, j'aurais été victime, comme le dit madame Eastman, d'« un affreux concours de circonstances » ?

— La formulation est plouc, mais elle est juste.

— Avec Clara, puisque vous étiez amants… enfin, votre relation… elle a duré longtemps ? demanda-t-elle soudain gênée, parce que le vrai sens de sa question était si évident qu'il blêmit.

La tête penchée en avant, le regard fixé sur ses baskets, il murmura :

— Je vois… Il existe, en effet, une probabilité non négligeable pour que le bébé ait été de moi. C'est ce que vous vouliez savoir ?

— Je suis désolée, ce ne sont pas mes affaires. Pardonnez-moi. Cette curiosité est franchement déplacée.

— Déplacée, mais saine.

— Il faut que j'y aille.

Elle se leva. Un murmure de Richard la retint :

— Vous savez, Ann, quand j'ai su que Clara était enceinte de deux mois, le jour où elle m'a jeté comme une vieille brosse à dents, j'ai été vachement soulagé qu'elle se tire. D'abord je ne voyais plus le bout de cette relation à sens unique. Je vous l'ai dit, la baise était géniale, mais j'avais le sentiment d'être tellement interchangeable que ça devenait humiliant, blessant. Et puis, cet enfant, dont elle n'a jamais mentionné qu'il pouvait être de moi, c'était chiant. Manque de pot, je l'avais vraiment dans la peau et insidieusement j'ai commencé à fantasmer sur ce gosse, sur comment il ou elle serait, sur ce que je pourrais vivre avec… J'ai trente-deux ans, Ann.

— Vous plaisantez ?

— Non, je les ai depuis quelques semaines. Je sais que dans les meilleurs jours j'en fais dix de moins, mais je les ai. Je crois que je n'ai jamais voulu grandir. Le monde des adultes est tellement chiant et plat, vous ne trouvez pas ? La nouvelle de sa grossesse a produit un truc étrange. Autant que je me souvienne, ça n'a pas été soudain, mais un matin je me suis dit que j'allais devenir un vieil attardé, un enfant sénile. Je me suis dit que je ne pouvais plus retarder le moment de grandir. C'est à ce moment qu'elle s'est fait buter. Abattue comme un animal, et ce qui était presque devenu mon bébé est mort en elle. Depuis, pas une minute ne s'est passée sans que je me dise qu'il fallait que je fasse quelque chose, je ne savais pas quoi, n'importe quoi… J'en étais là, à me ronger la tête, quand vous m'avez fait appeler dans le hall… Voilà, nous venons d'échanger nos bleus, nos courbatures d'âme. Je ne me sens pas vraiment mieux, mais je crois que si les choses doivent devenir supportables, on se le devra mutuellement. On est con quand on est seul, et surtout on est faible.

Ann le regarda, sans bouger, c'était une phrase de Simon : « On n'est jamais aussi fort que lorsqu'on se bat pour quelqu'un. » Elle contourna la paillasse high-tech en inox et le serra contre elle. Il appuya son front dans son ventre et elle caressa ses cheveux d'un geste machinal :

— C'est ce que disait Simon. Bordel, il avait presque toujours raison ! Maintenant on est deux, okay ? On continue ?

— D'accord, je fouine. Vous m'invitez à dîner chez vous, ce soir ?

Il ajouta :

— Écoutez Ann, le harcèlement sexuel c'est pas mon truc, d'accord ? En particulier après ce qui vient de se passer entre nous. C'est simplement que cet appartement est tellement trouduc, et quand il est vide, je ne vous dis pas ! J'aurais dû étrangler le mec qui a conçu cette merde. Cette fontaine zen débile me gonfle. Est-ce que j'ai l'air zen ? J'aime les spaghettis pleins de fromage et le bon pinard, j'aime la compagnie, je déteste ces murs admirablement stériles. J'ai envie de vie, Ann, de preuves de vie. Je peux venir ? Je ferai la vaisselle.

— J'ai un excellent lave-vaisselle.

— Génial. Donc, c'est une invitation ?

Elle rit, gentiment, sans arrière-pensée, et c'était comme une renaissance.

— D'accord. Je vous attends vers vingt et une heures.

— Ça marche… Merci, Ann.

En sortant de Piper & Murgen, à dix-neuf heures trente, une heure étonnamment précoce pour elle, Ann s'arrêta devant le delicatessen italien de Commonwealth Avenue pour y acheter du parmesan, plein, des tagliatelles, quelques légumes et deux bouteilles de valpolicella. Merde, elle avait à peine le temps de rentrer chez elle, de se doucher et de préparer le repas !

Elle allait s'élancer pour traverser Commonwealth Avenue et rejoindre sa voiture garée de l'autre côté lorsqu'une sensation à la fois douce et impérieuse bloqua son élan. Elle s'arrêta au moment où une limousine noire, lancée à pleine vitesse, filait à sa rencontre en chevauchant le trottoir. Le rétroviseur latéral de la voiture lui arracha le sac en papier kraft qu'elle tenait à la main et elle tomba à genoux. Elle sentit les mailles de son collant filer et observa, hébétée, la course d'une tomate sur le trottoir. La tomate roulait, et puis elle tombait dans le caniveau. Le patron de la boutique sortit comme une flèche. Une femme hurla. Ce n'était pas Ann.

Richard Codrington sonna à la porte de l'appartement comme elle achevait de dresser la table. Elle le dirigea vers le grand salon pâle et lui offrit un verre de chablis très frais.

— Ouah ! Je crois que je vais prendre pension !

Elle avala une gorgée de l'excellent vin et annonça calmement :

— Quelqu'un a tenté de me tuer il y a moins d'une heure.

Il la regarda comme s'il avait de la peine à saisir le sens des mots qu'elle venait de prononcer et posa sèchement le verre sur la table basse en érable.

— Je vous demande pardon ?

— Vous m'avez parfaitement comprise. Une limousine est montée à toute allure sur le trottoir alors que je sortais de la boutique de delicatessen. C'était intentionnel, son conducteur a fait un écart pour m'accrocher... La femme qui était à côté de moi a eu le réflexe de relever le numéro d'immatriculation. Lorsque les flics sont arrivés, ils ont vérifié. La plaque appartenait à une camionnette volée quatre jours plutôt, pas à une limousine.

Richard s'était levé. Il arpentait le salon d'un pas nerveux, pilant soudain, repartant dans l'autre sens. Au bout d'une ou deux minutes de ce manège, il s'arrêta devant Ann et demanda, presque hargneux :

— C'est tout l'effet que ça vous fait ?

— Calmez-vous, je ne suis pas morte...

Dans un murmure, elle ajouta :

— Cela fait deux fois que je ne meurs pas.

Elle n'eut pas envie de lui expliquer que ce qui l'affolait le plus était en fait son absence totale de peur. À aucun moment elle n'avait réécrit la scène en se demandant ce qui se serait produit si cet instinct, cette énergie, ce truc, peu importe comment on décidait de l'appeler, ne l'avait contrainte à stopper son élan. À aucun moment elle n'avait été déçue ou soulagée d'avoir échappé à la mort.

— C'est plutôt positif, Richard. Cela signifie que nous sommes sur une piste. Cela signifie aussi que cette pauvre veuve éplorée, Sharon Eastman, en sait beaucoup plus qu'elle ne veut l'admettre, parce qu'à part elle et vous, personne ne sait que je m'intéresse au meurtre de Clara Saragan.

Richard se rassit et termina son verre. Il la fixait mais elle savait qu'il était ailleurs, que les hypothèses défilaient dans son cerveau.

— Je vous abandonne à vos méditations quelques minutes, le temps de préparer les pâtes.

Il répondit par une sorte de grognement. Lorsqu'elle revint, Richard était attablé, sa serviette étalée sur les genoux. Il avait un sourire enfantin et ravi :

— Alors, on mange ?

Anne fit la moue.

— C'est tout ce que donnent vos cogitations ? Vous n'avez rien d'autre à me proposer ?

Il rit franchement.

— Je crois qu'il suffit d'additionner nos informations. J'ai une théorie. Un ordinateur devrait m'aider à la vérifier.

— Et elle dit quoi, votre théorie ?

— Non, non. On mange d'abord. C'est très important la cuisson des tagliatelles. Ensuite, vous me présenterez à votre micro-ordinateur et vous me laisserez quelques minutes pour le séduire.

Il dévora le contenu de son assiette, immédiatement suivie d'une deuxième. L'opération terminée, il commenta d'un air contrit :

— Et voilà, j'ai encore bouffé ! Je ne sais pas me nourrir, encore moins déguster, je bâfre.

Quelques minutes plus tard, il engloutissait les mémoires de l'ordinateur, avec la même voracité. Il revint vers Ann au bout d'une heure et s'affala sur le grand canapé, contre elle. Ses cheveux blonds étaient collés de sueur. Il resta un moment, la tête appuyée sur son épaule. C'était un geste d'Ethan, Ann ne s'en étonna pas. La sueur de Richard n'avait rien de masculin, rien de cette odeur animale, troublante ou déplaisante, il sentait l'enfant.

— C'est une vieille casserole, votre ordinateur. Quelle galère !

— Je l'ai acheté il y a six mois.

— Ils vous ont refilé la génération précédente. Cela dit, ça prend forme. Bob Eastman a bien été écrasé par les roues de son poids lourd. Il avait bu.

— Vous êtes entré dans les fichiers de l'Institut médico-légal ?

— Évidemment. Où croyez-vous que l'on trouve ce genre de renseignements ?

— Mais le vieux monsieur m'a dit qu'il ne touchait jamais à l'alcool !

— Ça ne m'étonne pas. Vous connaissez la loi en vigueur dans l'État du Massachusetts concernant la conduite en état d'ivresse. Aucun chauffeur ne se risquerait à boire plus de deux bières s'il doit ensuite s'approcher de son bahut à moins de dix mètres. Donc, premier problème. L'accident s'est produit dans l'État du Maine, ce qui prouve qu'il conduisait. Deuxième problème, Bob Eastman présentait une nécrose importante du tissu pulmonaire. Or il ne fumait pas. Maintenant vous ajoutez à tout ça la nature des fichiers ultra-protégés que j'ai débusqué sur le disque dur de Stanley Brydon, le gant envoyé pour analyse par Clara, son voyage express au Mexique, et la tentative de meurtre dont vous avez été l'objet. Vous obtenez quoi ?

Ann le regarda un moment et murmura :

— Un transport frauduleux de matières toxiques balancées dans une zone désertique du Mexique. Ça coûte beaucoup moins cher que de les faire retraiter... et auprès de qui voulez-vous qu'aillent ensuite se plaindre les Indiens qui en crèveront ?

Il leva son verre vide :

— Bravo, partenaire !

— Et Sharon Eastman ? Vous croyez qu'elle aurait été payée pour la fermer ?

— Tout juste.

— Ce qui nous donne comme hypothèse : Sharon a compris que la mort de son mari n'avait rien d'accidentel. Elle a appelé Clara pour lui fourguer l'histoire, peut-être pour faire éclater la vérité et se venger. Ensuite de quoi, soit les responsables de ce petit trafic l'ont payée et elle a balancé Clara ; soit ils ont opté pour des mesures préventives, dès qu'ils ont eu vent de l'enquête, ils ont buté Clara et Sharon a pris peur. Comme visiblement elle n'a pas un sou, et son gosse à élever… La solution s'impose d'elle-même. Vous ne croyez pas qu'il est temps de prévenir les flics ?

Richard fronça les sourcils.

— Vous avez peur ?

— Non, mais je veux être sûre que les coupables paieront et je ne sais pas si nous avons les moyens de les faire passer à la caisse.

— Écoutez, Ann, si vous prévenez les flics, je me retire et vous ne m'avez jamais vu, d'accord ? Nous nous sommes rendus coupables d'un tel nombre de délits informatiques que ça peut nous valoir cinq ou six ans de taule. Je vous signale que je suis récidiviste et je n'ai pas envie de morfler. En plus, Clara Saragan n'était pas vraiment en odeur de sainteté parmi les membres du Boston Police Department. Elle les épinglait à chaque fois qu'elle le pouvait. Leur thèse est donc qu'elle a été abattue par un des dealers qui plombent Arlington et ils s'en foutent. De surcroît, au cas où vous ne le sauriez pas, aujourd'hui il vaut mieux assommer une vieille dame pour lui piquer son sac à main que pirater une base de données… Il y a moins d'argent en jeu.

— D'accord. Et vous suggérez quoi, maintenant ?

— On visite tous les patrons de transports routiers et on essaie d'identifier le mec qui est venu rendre une visite tardive à Stanley Brydon. Il ne serait pas non plus superflu que vous fouiniez dans les affaires de Brydon : a-t-il des dettes, c'est peut-être un joueur ou un homme à femmes.

9

Richard Codrington se réveilla aux aurores. La fatigue, ce sevrage de sommeil qu'il s'imposait depuis des mois le rendait léger, plus disponible pour son cerveau. Il avait la curieuse sensation que l'entrée d'Ann Hawk dans sa vie lui rendait quelque chose que Clara avait laminé durant les mois de leur liaison. L'indispensable conviction que l'on peut faire la différence pour quelqu'un. L'idée que sa vie participait au maintien d'une autre vie le troublait un peu. Ann le considérait comme un enfant et son âge n'avait aucune importance dans ce jugement. Si cette certitude l'avait agacé au début, Richard y voyait maintenant la seule solution possible à son interminable charade : accéder à l'âge adulte sans rien perdre des rêves, des jeux, des contes de l'enfance.

Il reposa sa tasse de café. Une fille, le bébé était sans doute une fille. Mais elle n'aurait eu de Clara que les jolis cheveux bouclés et forts, que le regard espiègle. Le reste serait venu de lui. Merde, il n'était même pas sûr que l'enfant soit de lui. Si, elle était de lui puisqu'il en avait besoin. Lorsqu'il avait pénétré hier soir sur les fichiers de l'Institut médico-légal, il avait résisté à la tentation d'ouvrir le dossier de Clara, jusqu'à ce que la sueur dégouline de son front, jusqu'à ce que ses mains tremblent. Ce bébé faisait maintenant partie de ses rêves et il ne tolérerait aucune contradiction. C'était une petite fille et elle était de lui. Il avait fait un être humain, lui qui jusque-là n'avait que piraté les créations des autres, un point c'est tout.

Richard prit une longue douche et commanda un taxi. Il se fit déposer au 144 Ruggles Street. Il aurait reconnu l'immeuble que lui avait décrit Ann même s'il n'avait pas vu le nom de la rue. Elle avait prononcé le mot « étriqué » et toute cette architecture économe et triste s'y résumait. Il monta et sonna à la porte de Sharon Eastman. Il était neuf heures du matin. N'obtenant aucune réponse, il insista, enfonçant la sonnette.

Le vieil homme qui habitait en face, celui

dont Ann ne savait pas si c'était un vieil emmerdeur cancanier ou un pauvre type gavé de solitude, entrebâilla la porte de son appartement. Richard lui adressa un de ses sourires candides et enfantins qui faisaient des miracles auprès des vieilles dames :

— Bonjour monsieur. Je cherche madame Sharon Eastman. Je suis assureur.

Le vieux monsieur sortit sur son palier, rassuré, fasciné aussi.

— Ah ben, c'est qu'y sont plus là. Pis, elle m'a pas laissé d'adresse, alors je ne peux même pas vous aider.

— Comment cela ?

— Ben oui. C'est bizarre, maintenant on déménage de nuit. Les tarifs sont peut-être moins chers. J'ai le sommeil léger, comme les vieux, alors j'ai entendu. Mais je peux pas dire, les gars du déménagement ont bien fait attention, ils étaient discrets.

— Vous voulez dire que madame Eastman a déménagé la nuit dernière ?

— Oui, c'est ça. Notez que c'est pas une surprise. On savait qu'elle avait l'intention de se rapprocher de sa famille. Ils sont du Kansas, je crois. D'ailleurs, c'est ce qu'elle avait de mieux à faire, rapport au petit et à son deuil, et je lui ai dit. Sauf que je pensais pas que ce serait aussi rapide et puis, elle aurait pu me dire au revoir. C'est vrai. Je leur ai rendu des services. De temps en temps, pas des grosses choses, mais quand même. Oh, je suis sûr que Bob, c'était son mari, y serait venu me prévenir.

Il s'interrompit quelques instants et demanda d'un petit ton finaud :

— C'est pour une assurance-vie ?

— Pardon ?

— Oui, vous êtes assureur et son mari est mort, alors je me demandais si c'était pour une assurance-vie.

— Non, dégâts des eaux.

Le vieil homme eut l'air déçu et salua Richard d'un petit mouvement de la tête avant de refermer sa porte. La visite d'Ann semblait avoir précipité les choses. Pourquoi tant de hâte à quitter Boston ? Avait-elle eu véritablement peur qu'Ann prévienne les flics ?

Richard redescendit lentement l'escalier. Il n'avait pas vraiment prévu la suite, et la fuite de Sharon Eastman le prenait au dépourvu. Il marcha, le long de Ruggles Street, cherchant ce qu'il convenait de faire maintenant. Il aurait bien appelé Ann, mais la découverte du système d'ultra-protection qui bouclait le disque dur de Stanley Brydon le rendait prudent. Peut-être les appels d'Ann étaient-ils surveillés ? Ayant glissé sa main dans l'une de ses poches de manteau, il retrouva la liste des entreprises de transports qu'il avait copiée. Il sortit la feuille, la déplia et se décida : il commencerait par là.

Tandis qu'il roulait, il eut encore une pensée pour Ann. Qu'allait-elle faire ? Serait-elle inquiète de son silence ? Chercherait-elle à le joindre ?

10

En arrivant chez Piper & Murgen, Ann Hawk contacta son nouveau client, le poulpe agro-alimentaire désireux de s'associer à la très exigeante University of Wisconsin. Durant le temps que dura la première prise de contact, où chacun s'observe et tente d'évaluer jusqu'où l'autre ira financièrement, elle n'eut qu'une seule idée en tête. Ses années d'expérience lui permirent de répondre astucieusement, sans jamais se tromper, alors que son cerveau était ailleurs.

Elle entendit le personnel partir pour le déjeuner et se glissa dans le bureau de Stanley Brydon. Elle dénicha sans mal son agenda en cuir souple dans le premier tiroir de sa table de travail et lut la page réservée aux rendez-vous du mardi. Le nom de Mike Harford, Oils and Soaps, était gribouillé à vingt-trois heures. Ann buta sur l'information. Ce type travaillait dans une fabrique de savons et on avait retrouvé un résidu de savon liquide sur le gant envoyé au labo par Clara Saragan... D'accord. Mais alors pourquoi tuer une personne, non deux, puisque à l'évidence Bob Eastman avait été « accidenté ». Et cela juste pour une histoire de savon ? Ann fit un effort de mémoire et tenta de rassembler ses souvenirs de cours à l'Université. Rien dans les déchets de fabrication des savons ne nécessite un dumping de matières toxiques dans une région déserte.

Elle se précipita dans son bureau. Il fallait qu'elle joigne Richard. Ce fut un répondeur qui prit la communication. Le message se déroulait sur une sorte de musique New Age. Elle raccrocha après avoir demandé qu'il la rappelle d'urgence. La standardiste du *New England Voice* lui répondit que Richard Codrington ne viendrait pas de la journée, mais qu'elle pourrait le joindre le lendemain. Un appel à l'annuaire téléphonique la renseigna immédiatement : Oils and Soaps avait son siège et ses bureaux à cinq miles de Quincy sur l'Interstate 93. Si Brydon était mouillé dans cette affaire, pourquoi avait-il laissé cette trace si évidente ? Il n'était pas d'une intelligence époustouflante mais il n'était quand même pas stupide.

Lorsque Ann quitta son bureau, en milieu d'après-midi, prétextant un dossier à examiner au calme, Stanley Brydon passa la tête dans l'embrasure de sa porte.

— Ann, vous avez une seconde ?

— Bien sûr, Stanley.

— Venez, j'aimerais que nous discutions un peu.

Elle pénétra dans son luxueux bureau, un sourire affable vissé aux lèvres. Pour quelle raison Brydon, qui l'évitait en général, souhaitait-il la rencontrer ? Elle s'installa dans l'un des grands fauteuils profonds en cuir qui faisait face à sa table de travail et ordonna ostensiblement ses dossiers sur ses genoux. Brydon lui destina son sourire de porcelaine de luxe, puis attaqua :

— J'ai beaucoup réfléchi, Ann. Vous êtes une admirable professionnelle et sans me vanter, je pense n'être pas mal non plus.

— Nul ne le conteste, Stanley.

— Je me suis demandé pourquoi nous ne travaillions pas ensemble sur des dossiers où l'association de nos compétences ferait merveille. De toute façon, cette réunion de forces vives est dans la stratégie de Julius, comme vous le savez.

Il venait d'employer une liste de mots-clefs qui bluffait leurs clients mais la laissait sceptique : forces vives, stratégie, compétences. Se programmant un sourire enjoué et une voix ravie, elle s'entendit répondre :

— Stanley, je suis enthousiasmée par cette ouverture, et permettez-moi d'ajouter qu'elle est très courageuse.

— Bien ! bien, bien.

Elle sentit une sorte de soulagement dans cette succession de monosyllabes. Où voulait-il l'embarquer, et surtout pour faire quoi ?

— Donc, résumons-nous : votre expertise m'est acquise si je la juge nécessaire, la réciproque allant de soi ?

— Évidemment. Pourquoi ? Vous avez une idée plus spécifique ?

Il hésita :

— Non, pas vraiment, seulement les choses pourraient évoluer sous peu. Je crois qu'il serait dévastateur pour Piper & Murgen de se fourrer dans une promotion… comment dire, qui ne sent ni la rose ni la lavande.

— En effet... Quant à l'idée d'une collaboration plus étroite avec vous... Savez-vous que vous m'alléchez, Stanley.

— C'est ce que je voulais. Bon, nous en reparlerons.

Ann récupéra sa voiture au garage et sourit. Brydon était sans doute moins con que tous le pensaient. Il tâtait le terrain, voulait se faire une idée de ce qu'elle savait. Elle avait commencé à sentir que sa connerie proverbiale était un paravent lorsque Richard avait mentionné ce logiciel de protection. Brydon n'ignorait pas qu'elle avait entraperçu son client nocturne, et elle finissait par se demander si ce n'était pas lui que Sharon Eastman avait enfermé dans son salon.

Un fois chez elle, elle renouvela en vain ses tentatives pour joindre Richard. Même son portable était déconnecté.

Dix-neuf heures. Vingt heures. Vingt-deux heures... De guerre lasse, elle renonça, se déshabilla et se doucha, décidée à se mettre au lit sans plus attendre. Elle se retrouva ainsi assise sur le rebord de son lit, les cheveux mouillés, vacante.

Soudain, son cerveau devint le siège d'une série d'impulsions nerveuses, parfaitement coordonnées et absolument impérieuses, sans appel ni discussion. Comme si brusquement ce qu'elle pensait, croyait judicieux, avait envie de faire, prenait un relief irréprochable, se débarrassait de toutes questions annexes et superflues, comme si ne subsistait que l'essentiel. Elle savait exactement ce qu'elle devait faire, pourquoi et comment elle le voulait. Elle enfila son survêtement de sport et des ballerines, laissa un dernier message précis à Richard Codrington, juste au cas, et fit un détour par le bureau-capharnaüm de Simon, à la recherche de ce très joli souvenir qu'il avait ramené deux ans plus tôt d'un voyage d'étude en Turquie.

Trois quarts d'heure plus tard, elle se garait à deux cents mètres des entrepôts déserts de Oils and Soaps. Elle s'approcha des fenêtres basses en verre dépoli et connut un moment de confusion lorsqu'elle imagina que son ventre ne lui permettrait pas de se faufiler à l'intérieur par une fenêtre. Elle n'était pas enceinte et son abdomen était plat. Ann s'étonna de ses pensées absurdes, de l'excitation qui montait en elle, de la certitude qu'elle avait des potentialités de ses muscles, de son corps. Une minute après, ses pieds touchaient le sol cimenté du hangar. Il régnait une pénombre dense mais ses yeux s'y habituèrent peu à peu. Elle s'orienta sans hésiter. Rien ici ne lui était étranger. Elle connaissait déjà les lieux. Il y avait un escalier métallique qui conduisait au bureau, à l'ordinateur, à la solution. À droite, l'escalier était à droite, et elle ne devait pas faire de bruit. Elle n'était pas seule, elle en était sûre. Déjà, la fois précédente, quelqu'un l'avait attendue. Non, ce n'était pas elle, c'était Clara. Clara était morte sur ce sol en ciment gris.

Ann avança silencieusement vers l'escalier. Elle venait de gravir les trois premières marches lorsqu'une main s'abattit violemment sur sa nuque et la tira en arrière. Elle tomba à genoux sur le sol. D'une voix qui n'était pas tout à fait la sienne, pas tout à fait une autre, elle murmura :

— Tu dois avoir une impression de déjà vu, n'est-ce pas ?

La belle voix grave de Victor Park répondit et elle ne s'en étonna pas :

— Je suis désolé. Pourquoi es-tu venue te fourrer dans ce merdier ?

Toujours à genoux, elle demanda :

— Ce Mike Harford, il t'a payé combien pour tuer Clara… et pour me tuer, moi ?

— Il ne paie pas pour tuer, il paie pour un service. Ta mort, c'est un autre problème.

— C'est quoi cette histoire de savon ? Tu me dois au moins une explication, non ?

— Ann... je t'aime tellement. J'ai tant souhaité que ce ne soit pas toi, que ton connard de journaleux se pointe à ta place. Lui, je lui aurais explosé la gueule sans hésitation. Tu n'as donc pas encore compris ? C'est pourtant simple. Harford a raflé tous les marchés du tiers-monde avec un savon bactéricide destiné aux maternités et aux hôpitaux. Au début, je lui ai trouvé les clients. Ensuite, il m'a demandé de m'occuper des transporteurs et des itinéraires. Seulement voilà, il y a eu un problème : Oils and Soaps est une boîte de moyenne importance, et Harford ne pouvait pas tenir les prix, à moins de diluer le savon au quart. Il y a eu des morts au Brésil, au Mexique, en Inde. Des bébés, surtout. C'est dommage, mais bon, merde, c'est pas chez nous. De toute façon, ces gosses ont une espérance de vie très brève.

— Pneumonies ? Comme le chauffeur ?

— Oui, et puis des entérocolites aussi. Il faut te dire que le savon – c'est presque de la flotte – est bourré de bactéries. Certaines de ces saloperies sont plus résistantes que d'autres. Dont une, qui s'appelle la *Klebsiella pneumoniae*, sale nom, n'est-ce pas ? C'est une bactérie très pathogène. Bref, c'est devenu un peu trop chaud et il a fallu se débarrasser des stocks.

— Au Mexique ?

— Oui. Je suis désolé, Ann. Je suis rentré au fil des années dans une logique dont je ne sais même pas si je la veux vraiment. J'ai un train de vie. Les femmes qui m'attirent coûtent cher, le reste aussi. Ne bouge pas, Ann !

Elle appuya un peu plus sur ses deux genoux.

— Et tu m'as balancé ce pauvre Brydon dans les pattes.

— Quel con !

Ann répondit presque amicalement, comme lorsqu'ils déjeunaient ensemble :

— Un con vaut peut-être mieux qu'un salaud, non ?

— Les salauds se partagent déjà une grosse partie du monde. Savoir si c'est mieux ou moins bien est une question purement académique.

Une main sans brutalité souleva ses cheveux et quelque chose de dur et de froid se posa presque tendrement sur sa nuque.

Clara !!!!

Avant qu'elle ait repris le contrôle de son

cerveau, Ann bascula sur le sol dur et sa jambe se détendit avec violence. Clara n'avait pas pu exécuter la roulade parce que son ventre la gênait, mais elle avait essayé... La lame plate et large dont les bergers turcs se servent pour égorger les moutons se retrouva dans sa main et elle frappa la silhouette écroulée près d'elle. Malgré la pénombre qui rendait ses gestes imprécis, Ann visa l'aine. Lorsqu'elle sentit le sang jaillir par saccades et recouvrir sa main, elle tourna la lame, la déplaça plus haut, plus profond, taillant cette artère impitoyable qui court sous un repli de peau.

L'homme à ses côtés eut un soupir :

— Oh Ann, pourquoi fallait-il que ce soit toi ? Merde !

Hypnotisée, Ann contemplait le sang expulsé de la plaie, au rythme des pulsations du cœur de Victor, qui s'affaiblissait, se désorganisait, s'arrêtait.

Les sirènes, loin derrière. Sans importance ! Elle avait l'impression que quelqu'un venait de balayer ses cheveux plein de sang, de caresser ses tempes trempées de sueur. Ethan ?

Achevé d'imprimer en Avril 1998
sur les presses de l'imprimerie Maury Eurolivres
45300 Manchecourt

N° d'éditeur : FF759101.
Dépôt légal : Mai 1998.
N° d'impression : 98/04/64283.

Imprimé en France